기적은 그냥 오지 않는다

기적은 그냥 오지 않는다

저   자 우기익

저작권자 우기익

1판 1쇄 발행   2020년 11월 16일

발 행 처 하움출판사
발 행 인 문현광
교   정 김은성
편   집 조다영
주   소 전라북도 군산시 축동안3길 20, 2층(수송동)
I S B N 979-11-6440-710-1

홈페이지 http://haum.kr/
이 메 일 haum1000@naver.com

좋은 책을 만들겠습니다.
하움출판사는 독자 여러분의 의견에 항상 귀 기울이고 있습니다.

이 도서의 국립중앙도서관 출판예정도서목록(CIP)은 서지정보유통지원시스템 홈페이지(http://seoji.nl.go.kr)와
국가자료종합목록 구축시스템(http://kolis-net.nl.go.kr)에서 이용하실 수 있습니다.(CIP제어번호 : CIP2020046370)

기적은 그냥 오지 않는다

작가 **우기익**

책을 내면서

마음 닦달, 몸닦달, 집안닦달까지 하는 내 시달림에 견디다 못한 아내는 가슴에 열꽃이 피다 못해 머리에서 목 줄기를 타고 불거지고 말았다. 목을 비트는 질식의 고통 속에서 신음을 내듯 울부짖는 아내에게 용서를 비는 심정으로 글을 쓴다. 사람은 상황에 따라 세상을 보는 눈이 달라지듯 아내의 고통이 내게는 많은 변화를 주었고 내 삶의 전환점이 되었다.

내 사랑의 고집스러운 방식이 서투름이라기보다는 억지와 집착이었다는 깨달음에 심장이 화끈거리니 참으로 딱하지 않은가. 위신을 세운답시고 눈매 치켜뜨고 소리를 질러 대는 꼬락서니가 아내의 눈에는 얼마나 가관스러웠을까. 서머서머하여 자꾸만 가슴 한끝이 아리니 이 노릇을 어이할꼬.

얼룩진 일기장과 아내와의 연애편지 그리고 병간호하면서 그때그때 적바림한 것이 지금 한 권의 책으로 묶는 데 큰 힘이 될 줄을 몰랐다. 이 책은 오롯이 아내에게 바치는 책이기에 어떤 형식에도 치우치지 않았다. 다만 진솔하게 털어놓으려고 애는 썼지만 얼마쯤은 감춰 두고 쓴 것은 아쉬움이다.

세상살이가 저 혼자만의 독불장군으로는 살 수 없을 터이다. 힘들 때마다 격려를 아끼지 않은 아내의 지인들과 마음 따뜻한 동네 할머니들이 곁에 있어 마냥 고맙다. 특히 동아대학교병원 의사와 간호사뿐만 아니라 병원 측 모든 분께 감사할 따름이다.

혹여나 아내의 건강이 악화되거나 잘못되는 날에는 이 글들은 책으로 묶기 전에 아궁이 속으로 들어갈 것이다. 아무런 의미가 없기 때문이다. 아내와 나는 죽어도 같이 죽고 살아도 같이 살아야 한다. 자식들도 제 앞가림할 만큼 키워 여한이 없으니 아내 없는 내 삶이 무슨 의미가 있겠는가!

여보, 제 몸을 부수는 아픔을 하얀 물거품으로 승화하는 무지개처럼 당신은 활짝 피어날 것이오. 당신의 건강을 회복하길 염원하는 모든 이들의 기대를 저버리지 않을 거라 이 못난 남편은 믿어 의심치 않소.

여보, 버텨주어 정말 고맙소. 끝까지 당신 곁에서 지켜주겠소.

아내의 환갑을 맞이하여

저자 우기익

목차

1부 죽음의 문턱에서

2부 삶과 죽음 그리고 사랑

3부 아내의 보물

4부 자아 성찰

- 못다 한 이야기

1부
죽음의 문턱에서

아내의 투병기

불교에서는 중생이 일평생 반드시 받아야만 하는 네 가지 괴로움을 생로병사(生老病死)라 했다. 곧 사람이 나고 늙고 병들고 죽는 네 가지 고통을 말함이다. 이왕에 사람이 태어나서 죽는다면 병들지 않고 생로사(生老死)는 할 수 없는 일인가?

동갑내기인 내 아내는 파킨슨병 환자이자 악성림프종 환자이다.

아내는 2014년 봄부터 가끔 살에 경련이 일어 다리가 떨린다고 하였다. 이 병원 저 병원을 다니며 검사를 하였지만 딱히 병명을 찾지는 못하였다. 병명만 정확히 알면 반은 치료된 거나 마찬가지지 않은가. 물리 치료와 약물 치료를 병행하면서 열심히 운동하는 길만이 최선이라 여겼다.

그런 중에도 고전무용이 취미인 아내는 여성회관과 평생교육원에서 배운 춤사위로 양로원, 요양원 등에 매월 한두 번 재능 기부로 봉사 활동에 열성을 다했다. 봉사 활동을 다녀온 그날 밤에 허리가 쑤시고 다리고 저려도 무리한 탓이라고 가볍게 생각한 것이 탈이었다. 아무튼 그렇게 3년이 흘렀다.

2017년 봄부터는 엉덩이가 무겁고 오른쪽 다리에 힘이 없다면서 다리를 절기 시작하였다. 경남과 부산 일대의 이름난 정형외과에서는 하나같이 척추디스크와 척추협착증이지만 시술할 정도는 아니라고 했다. 꾸준히 물리 치료와 약물 치료를 했지만 호전될 기미는 보이지 않았다.

　다음 해 6월, 텔레비전 종합편성채널에 주기적으로 방영되는 서울 강남의 정형외과를 찾았다. 그곳에서도 척추디스크와 척추협착증이라고 할 뿐 다리를 지는 것과 떨림 증세는 그 병과 무관하다며 신경과 검사를 권유했다.

　그해 8월, 우여곡절 끝에 모 대학병원 뇌신경 센터에서 파킨슨병 진단을 받았다. 파킨슨병이 불치병으로만 알고 있는 아내는 상실감에 빠져 한동안 우울증과 불면증에 시달려야만 했다.

　당뇨, 골다공증, 고혈압, 고지혈증에다 파킨슨병 약까지 복용하니 약 기운 탓에 한나절은 몽롱한 상태였다. 오후 서너 시가 되어서야 겨우 정신을 차리고 걷기 운동이라도 할 수가 있었다. 운동을 하지 않으면 몸이 굳어진다는 공포감이 엄습하여 한쪽 다리를 질질 끌면서도 집 주변을 힘들 때까지 걷고 또 걸었다.

　그해 가을, 찬 바람이 불기 시작할 때부터는 다리가 시리고 아려 밤잠을 자다가도 한두 시간 만에 깨어났다. 밤잠을 설친 데다 다량의 약까지 복용하니 갈수록 체력이 떨어졌다. 잠이 보약이라고 하여 어쩔 수 없이 신경안정제까지 복용하게 되었다.

　한 해가 바뀐 2019년 1월, 목 주변에 뭔가 딱딱한 것이 잡혀 모 대학병원에서 수차례 검사를 하였다. 갈수록 목 안이 붓고 헐어 음식물을 삼키기도 힘이 드는데, 여러 차례 조직 검사와 약 처방만 하였다.

　그해 6월, 이러다 사람 죽이겠다 싶어 부산 동아대학교병원을 찾았다. 악성림프종 진단을 내려 항암 치료와 방사선 치료를 하였다. 모 대학병원에서 계속 치료를 받았더라면 어찌 되었을까? 생각만 해도 두려워 온몸이 파르르 떨린다.

당시 담당 의사로부터 향후 치료 계획을 듣는 내내 애련한 아픔이 칼날이 되어 내 온몸을 사박사박 저미어 왔다. 워낙에 여러 가지 질병이 있는 데다, B형·C형 간 기능 수치가 높아 자칫하면 간으로 전이될 우려도 있다고 하였다. 또한 골다공증 수치도 높아 항암 치료 후 방사선 치료 시 척추와 치아가 내려앉을 수 있다고 하였다.

슬퍼할 겨를이 없었다. 무조건 아내를 살려야 한다는 일념으로 다짐하고 기도하면서 치료에만 전념하였다. 인간에게 주어지는 고통은 그것을 이겨낼 수 있는 만큼만 주어진다고 했다. 얼마든지 극복할 수 있을 거라는 신념을 가지고 싸워야 했다.

아내는 요즘 밤새 잠을 설치는 것과 기력이 부치는 것 빼고는 그나마 잘 버텨주고 있다. 점심을 먹고 나면 동네 뒷산에 올라간다. 처음 며칠간은 10분 남짓, 한두 달 후부터는 20여 분, 요즘은 30분 정도 산행을 할 수 있다. 아직은 등산지팡이에 의지해야 하지만 산행을 하는 것이 일상이 되었다.

삼시 세끼를 텃밭에서 키운 여러 가지 푸성귀로 만든 반찬과 잡곡으로 밥을 지어 먹었다. 그렇게 산행과 식단 조절로 몇 개월 만에 당뇨, 고혈압, 고지혈증 수치가 정상으로 돌아왔다. 5년 동안 복용한 약을 끊을 수 있었다. 심지어 신경안정제를 복용하지 않고도 잠을 이룰 수 있다는 것이 얼마나 감사한지 모른다. 요즘은 곁에서 내가 해 주는 것이라곤 기껏 산행에 따라나서거나 밤잠 못 이룰 때 이런저런 이야기를 나누는 것밖에 없다.

아내는 본디부터 사람들과 잘 어울리고 바지런한 사람이다. 아침에 눈 뜨자마자 한시도 가만있지 않고 정원과 텃밭을 누빈다. 계절마다 서로 다른 색의 꽃을 키 맞춰 심어 놓은 정원을 가꾸고 밤새 돋아난 잡초를 뽑는 것으로 심심함을 달랜다.

  '코로나19로 사회적 거리 두기'에 철저함을 원하는 내 명을 따르는 것이 여간 어려운 일이 아닐 것이다. 공주처럼 살라고 하니 죽었으면 죽었지 그리는 못 살겠다는 아내가 서서히 제 모습을 되찾아 가는 것만 같다. 이제는 살았다는 안도감에 몸도 마음도 한결 편안해졌지만 여전히 긴장을 늦출 수는 없다.

파킨슨병

    2018년 여름은 우리 부부에게 가혹한 더위였다. 서울 큰 병원에서도 명쾌한 답을 얻지 못했지만 여전히 이 병원 저 병원을 찾아다녔다. 사실 아내가 파킨슨병이라고는 짐작조차 못 했다. 어느 날부터 한쪽 다리에 힘이 없다면서 걸음걸이가 이상해졌다. 정형외과만 숱하게 찾아다니며 반복적으로 검사하고 물리 치료 받고 약을 처방받는 것이 되풀이되었다. 혹시나 하여 파킨슨병 초기 증세에 관한 정보를 훑어봐도 나도 아내도 단호하게 고개를 저었다.

    설마설마하며 모 대학병원 뇌신경 센터에서 여러 가지 검사를 하였다. 충격적인 것은 산단한 인지 검사에서 아내는 울음을 터뜨렸다. 시계를 그리면서 1부터 12까지의 숫자가 이리저리 뒤바뀌고 말았다. 낱말도 세 개 이상을 기억하지 못하였다. 한두 자릿수 덧셈 뺄셈을 혼란스러워하는 아내를 물끄러미 지켜보면서 비로소 사태의 심각성을 알아챘다. 순간 억장이 무너지는 소리가 내 온몸을 휘감았다.

    "당신, 아까는 긴장해서 그랬을 거야. 검사 결과가 나올 때까지 비관하지 마."

    위로랍시고 내가 해준 말이 고작 그 말뿐이었다. 말없이 차창 밖만 주시하는 아내의 눈치를 살피며 고속도로를 타지 않고 국도를 선택했다. 강과 기찻길을 따라 꼬불꼬불 산길을 따라가다 원동 매화 축제 장소인 순매원 주차장에 차를 주차했다.

길가 옆 난간에 서는 순간 저만치 아나콘다 한 마리가 입을 쫙 벌리고 나를 집어삼키듯 달려들었다. 수많은 아나콘다 새끼 떼들도 흐르는 강줄기를 타고 올라오고 있었다. 멈칫 뒷걸음질을 치니 기적을 크게 한 번 울리고 지나치는 부산발 서울행 열차였다.

아내를 바보로 만들었다는 죄책감이 가슴을 짓눌렀다. 화장실에서 볼일을 보고 물을 내리지 않는다고 고함을 쳤으니 이런 미련한 남편이 세상에 또 어디에 있겠는가. 내 가슴은 불덩이로 지지는 것처럼 화끈거렸다. 사사건건 말꼬리 잡으며 구박한 일이 어디 한두 번인가. 평생을 무시당하고 살았으니 인지 능력도 떨어지고 자존감마저 잃었을 것이다. 오랜 세월 얼마나 주눅이 들었으면 그랬을까 싶었다.

정확한 검사 결과는 한 달 후에 나온다고 하였다. 그때부터 아내의 행동거지 하나하나 관찰하기 시작했다. 표정이 없는 것이 난순 남편에 대한 불만의 표시거니 했다. 화장실 볼일 후 가끔 물을 내리지 않아도 건망증이거니 했다. 가스레인지를 단번에 켜지 못하고 댓 번을 딸그락딸그락 소리를 낼 때는 무뎌진 나이 탓이거니 했다. 그런 전조 현상이 있을 때마다 짜증 섞인 잔소리만 해 댔으니 이 얼마나 무지막지한 남편이었던가.

검사 결과가 나올 때까지 파킨슨병에 대해 인터넷 정보와 각종 논문도 살펴봤다. 파킨슨병은 뇌흑질의 도파민계 신경이 파괴되는 질병이다. 도파민은 뇌의 기저핵에 작용하여 몸이 원하는 대로 정교하게 움직일 수 있도록 하는 중요한 신경 전달계 물질이다. 그러니 도파민의 부족으로 인하여 움직임의 장애가 나타나게 되는 것이 파킨슨병이다. 뇌흑질의 도파민계 신경이 파괴되는 원인은 아직 확실하게 알려지지 않았다.

한 달 후 파킨슨병 진단을 받은 날 아내는 하염없이 울었다. 지난 번에 갔던 길로 갈까 하니 그냥 고속도로로 가자고 했다. 평생을 함께 하면서 그렇게 긴 정적이 감돌았던 적은 없었다. 백미러로 보이는 아내는 초점 잃은 사람처럼 멍한 상태였다.

몇 년간 척추 치료만 하느라 좀먹은 시간이 안타까웠다. 이제는 정확한 원인을 알았으니 불치병이든 난치병이든 간에 극복할 수 있을 거라고 자위하며 입술을 깨물었다. 무한한 잠재력을 가진 아내와 내가 연애 시절 명콤비로 돌아가면 겁날 것도 없었다.

그동안은 나만의 카타르시스를 위해 살았으니 이제는 아내의 카타르시스를 위해 살아야 했다. 아내의 무의식에 잠겨 있는 모든 것을 배설시켜줘야 한다는 것을 이제야 깨쳤으니 나 같은 못난이가 세상에 또 있을까.

실수가 사람 살린다

파킨슨병 진단을 내린 모 대학병원 뇌신경 센터 담당 의사에게 두세 달 간격으로 진료를 받았다. 어느 날 음식을 삼키기도 힘들 정도로 목 안이 붓고 헐어 그 병원 이비인후과에서 MRI·초음파·조직 검사를 하니 암은 아니라고 하였다. 염증으로 추정하여 약 처방을 내리고 석 달 후 재검사를 하자고 하였다.

갈수록 약효는 없고 목 안은 더 많이 붓고 헐었다. 할 수 없이 예정 진료일 전에 병원을 다시 찾으니 보름 후 또 조직 검사를 하자고 하였다. 검사 대기자가 많이 밀려 일정을 앞으로 당길 수도 없단다. 그렇게 진료와 조직 검사를 수차례 하는 동안 별 소용없이 시간만 흐르고 아내만 죽어났다. 살아오는 동안 그만큼 무력감을 느끼며 자괴감에 시달려보긴 처음이었다.

그 병원을 믿다가는 사람 죽이겠다 싶었다. 어느 날 아침 일찍 밥을 먹는 둥 마는 둥 하고 무작정 부산 동아대학교병원을 찾았다. 아침 8시쯤 도착하여 이비인후과에 당일 진료 접수를 하였다. 댓 시간을 기다릴 각오로 아내와 번갈아 자리를 지키며 호명을 기다렸다. 예약하지 않은 당일 진료 접수자는 서너 시간을 족히 기다려야 한다는 것을 그동안의 경험으로 잘 알고 있기 때문이다. 그날따라 더 안달복달 조바심을 내며 간호사의 입만 뚫어져라 바라보았다.

두 시간을 기다린 10시쯤에 상담 담당자와 상담을 하였다. 그동안의 진료기록일지를 제출하고 자초지종을 빠짐없이 설명했다. 담당자는 곧 담당 의사의 진료가 있을 거라며 조금만 더 기다려 달라고 하였다.

안도의 한숨을 내쉬며 아까보다는 훨씬 마음의 여유를 가지고 대기실 의자에 앉아 기다렸다. 설마 12시야 넘기겠나 싶었다. 웬걸, 12시가 지나고 대기자가 줄어드는데도 당최 호명을 하지 않았다. 간호사에게 문의하니 걱정하지 말고 기다리라고 했다. 담당 의사는 점심시간과 상관없이 한 시든 두 시든 오전 진료 환자는 한 사람도 빠뜨리지 않고 진료를 다하는 의사라고 믿음을 주었다.

사실 이날은 '타로' 수업이 있는 날이었다. 수업 전에 타로 강사님을 모시고 수강생들과 점심 약속을 한 것이 내내 마음에 걸렸다. 아내의 적극적인 권유로 배우기 시작한 타로였다. 파킨슨병의 고통을 겪는 아내에게 조금이라도 희망의 메시지를 주기 위함이었다. 평생 나의 내담자가 아내라면 너할 수 없이 좋지 않은가.

이날 점심 약속과 타로 수업이 있다는 것을 아는 아내는 11시를 넘기자, 진료는 다음에 하고 오늘은 그냥 가자고 했다.

"가긴 어딜 가! 기다린 시간이 아까워서라도 끝까지 기다려야지."

나는 목소리를 높이며 역정을 내었다. 아마 아내는 타로 배우기를 권유한 책임과 짜증 섞인 내 얼굴을 보면서 혼란스러웠을 것이다.

그렇게 또 시간이 흘렀다. 오후 2시쯤에 간호사에게 재차 물었다. 그때서야 아직 진료를 받지 않았느냐면서 조금 전에 진료를 모두 마쳤다고 했다. 황당한 낮으로 멍하니 서 있는 나에게 잠시만 기다려 달라고 했다. 그러면서 여기저기 다급하게 전화를 걸며 어찌할 바를 몰라 했다.

대기실에 있던 오후 진료 대기자들이 이구동성으로 한마디씩 말을 던졌다. 어찌 다섯 시간이 넘도록 환자를 기다리게 할 수 있느냐는 둥, 우리 부부에게 그렇게 오랜 시간을 기다렸는데도 성질을 부리지 않는다는 둥 웅성거렸다.

"아내가 아픈데, 제가 지금 성질을 부릴 처지입니까."

잠시 후 퇴근을 한 담당 의사와 간호사들이 부랴부랴 진료실로 들어갔다. 담당 의사의 언성이 들리는 걸 보니 누군가를 심하게 나무라는 것 같았다. 아마 아내의 진료 차트가 누군가의 실수로 빠뜨린 모양새였다.

이내 우리는 진료실로 들어갔다. 담당 의사는 죄송하다며 진심 어린 사과를 했다. 또한 최대한 빨리 치료할 수 있도록 도와드린다고 하였다. 우리 부부는 천군만마를 얻은 듯이 기뻤다.

그날부터 며칠 동안 일사천리로 검사가 진행되었다. 동아대학교 병원 이비인후과 L 교수님은 우리에겐 생명의 은인이나 다름없는 분이다. 아마도 그렇게 진행되지 않았더라면 아내는 지금쯤 어떻게 되었을까? 가슴이 철렁 내려앉고 아찔한 순간들이었다. 한 치 앞을 모르는 것이 인간사이다. 여섯 시간을 죽치고 기다린 우둔함이 아내를 살리는 데 한몫했다면 그것 또한 기적을 만드는 것이리라.

암 센터 혈액종양내과 병실을 찾아 아내의 두 손을 꼭 잡아주며 용기를 북돋아 주신 L 교수님의 고마움을 우리 부부는 평생 잊지 못할 것이다.

걸음새와 코골이

항암 치료를 받기 위해 5층 일반 병실에서 11층 암 병실로 옮겼다. 일반 병실과 암 병실은 출입문부터 다르다. 출입증을 바코드에 갖다 대거나 비밀번호를 눌러야 하는 출입문을 두 곳이나 통과하여야만 병실을 드나들 수 있다.

병실의 분위기도 사뭇 달라 익숙하기까지는 시간이 좀 필요했다. 나는 당장 걸음걸이부터 고쳐야 했다. 평소 쿵쿵대며 힘차게 걷는 걸음새가 고쳐지지 않아 몇 번의 곤란을 겪었기 때문이다. 빌라에 살 때는 아래층에서 항의가 몇 번 있었고, 아파트에 살 때도 비슷한 경우가 몇 번 있었다. 나에겐 빌라나 아파트 생활의 가장 힘든 점이다. 고쳐지는가 싶더니 단독주택으로 이사하니 그 버릇은 여전하다.

아내의 병상은 맨 안쪽 창가였다. 출입문까지 몇 걸음이지만 까치걸음을 한다는 것이 어디 보통 일인가. 내 발소리가 크다고 빈축을 몇 번 사고는 당장 1인실로 옮기고도 싶었다. 사실 1인실의 비싼 입원비도 부담스럽지만 여러 사람과 함께 있기를 원하는 아내의 바람이 컸다. 돌이켜 보면 동병상련, 같은 처지의 환자들끼리 위로와 격려가 아내에게는 큰 힘이 되었다.

담장이 없는 우리 집은 상록 관목인 남천 나무가 울타리 역할을 한다. 그러니 떠돌이 개와 고양이들이 괴발디딤으로 맘대로 드나든다. 고놈들처럼 나도 언제나 괴발디딤으로 병실을 드나들어야 했다.

파킨슨병 환자인 아내는 오른발을 땅에 질질 끌면서 걸으니 달포 만에 오른쪽 신발 밑창이 다 닳는다. 산길을 걸을 때는 언제나 내 꽁무니를 따라온다. 다리 끄는 모습을 남편에게 보여주고 싶지 않기 때문이다.

　나는 뒤를 보지 않아도 아내가 잘 따라오는지 힘들어하는지 발걸음 소리를 듣고 알 수 있다. 오른발 디딤 소리가 확연히 다르게 들리기 때문이다. 늘 '왼발, 오른발, 왼발, 오른발….' 마음속으로 박자를 맞추며 앞장을 섰다.

　어느 날부터 아내의 발걸음 소리가 예전과 달라졌다. 걸음새가 좋아지니 신발 밑창을 바꾼 지도 꽤 되었다. 내년이면 예전처럼 '나 잡아 봐라' 하면서 닭살 놀음 하는 모습을 그려본다. 진짜 그럴 수만 있다면 얼마나 좋겠는가.

　여러 사람이 함께 잠을 자는 공간에서는 코골이만큼 신경 쓰이는 것이 없을 것이다. 예전에 직장 동료들과 출장을 가면 경비 절감을 위해 큰 방 하나에 여러 명이 투숙하곤 했다. 아침이면 너나없이 내 코골이 때문에 한숨도 못 잤다며 불평을 늘어놓았다. 그 소리가 탱크, 헬리콥터, 기관총 소리에 빗대어 놀리곤 하였다.

　아내를 병간호하면서 가장 힘들었던 점을 꼽으라면 단연 코골이다. 환자들이 잘 때는 휴게실에서 책을 보거나 보호자용 긴 의자에 누워 핸드폰을 만지작거리며 시간을 보냈다. 그러다 잠깐 잠이 들어도 새우잠을 자야만 했다. 다리를 펴고 잠이 들면 십중팔구 코골이를 하기 때문이다. 가끔은 아내가 발로 내 등이나 배를 툭툭 찬다. 그것은 아내와 나만의 약속된 신호이다. 그러면 나는 잠결에도 귀신같이 새

우처럼 몸을 꼬부린다.

여섯 번의 입원과 퇴원을 반복하면서 내가 병실을 떠나 집에서 잠을 잔 적이 꼭 두 번 있었다. 내 코골이 때문에 밤새 잠을 설쳤다는 어느 환자분의 항의에 그날 밤은 자정쯤에 집으로 갔다가 새벽에 병실을 찾았다. 또 한 번은 항암 치료 기간 중에 추석이 끼여 차례 준비로 집에서 마음껏 코골이를 하였다.

반평생이 넘도록 나와 함께한 아내는 내 코골이로 잠 못 잤다 한 적이 한 번도 없었다. 천둥 번개가 쳐도 내 품에서 쌔근쌔근 세상모르게 잘도 자는데, 다들 나만 갖고 왜들 그러는지 모르겠다면 너무 이기적이라 할 것인가.

아내는 아프고부터 밤잠을 이루지 못한다. 설핏설핏 노루잠을 자던 아내가 예전처럼 누가 업어 가도 모를 정도로 깊은 잠을 이루면 좋겠다. 나처럼 세상모르게 코를 골고 자면 얼마나 좋을까. 오늘 밤은 아내의 코골이를 자장가 삼아 품에 안겨 잠드는 꿈을 꾸어 본다.

요기 꼼짝 말고 있어라

1차 항암 치료에 겪었던 고통이 너무 커 2차 항암 치료를 하는 날, 아내가 내 손을 꼭 붙잡으며 애원하듯 내뱉던 말이다.

'1차 항암 치료'

어느 정도는 각오하였지만 고통이 그 정도일 줄은 몰랐다. 6월의 병실 안은 에어컨을 켤 정도로 더웠는데도 한기를 느끼며 온몸을 사시나무 떨 듯하였다. 생각지도 못한 전기장판이 필요했다. 한순간도 자리를 비울 수가 없어 온몸을 주물러 주거나 꼭 껴안아 주는 것 외에 달리 방법이 없었다.

다행히 한기는 그리 오래가지 않았다. 오싹한 소름이 그치니 독한 항암제가 혈관을 돌고 있다는 것이 온몸에 느껴진다며 불안해하였다. 잠깐 잠이 들었다가도 방광이 약해져 소변을 자주 봐야 했다. 비몽사몽 중에 병상에서 일어나는 아내를 부축하여 화장실로 데리고 갈 때마다 숨죽여야 했다. 그런 일은 초저녁부터 새벽까지 쭉 이어졌다.

잠든 아내의 손을 꼭 잡고 있는 동안 불현듯이 돌아가신 어머니가 생각났다. 맹장염 수술을 받고 통증으로 힘들어하는 열세 살 아들의 두 손을 꼭 잡고 밤새 뜬눈으로 내 곁을 지켜주셨다. 소맷자락으로 눈물을 훔치시는 모습이 아직도 눈에 선하다.

어머니는 아버지께 온갖 구박을 다 받으며 평생을 그리 살았다.

방랑기로 몇 달 만에 한두 번씩 뜨내기손님처럼 집에 오는 아버지는 그날도 없었다. 그날 어머니의 눈물은 아들의 아픔 때문만은 아니었다. 설움의 눈물이란 것을 열세 살의 어린 나이임에도 느낄 수 있었다.

내가 병실에서 잠든 아내의 손을 꼭 잡고 있는 것은 설움이 아닌 안타까움과 미안함이다. 예전에 교통사고를 당해 병상에 누워있는 열한 살 딸아이의 두 손을 꼭 잡았던 손길도 온전히 사랑만이 있었고 설움은 아니었다.

딸아이의 울음소리가 아직도 귓전에 맴돈다. 수술 후 잠든 모습을 보고 담배라도 한 대 피울 요량으로 잠시 병실을 나왔다. 마취가 깨면서 찾아온 극심한 통증이 아이를 울게 만들었다. 어쩌면 통증보다는 곁에 아빠가 없다는 불안감이 더 그리했을 것이다. 그때 딸아이가 그랬던 것처럼 아내도 그 심정일 것이다.

먼동이 희붐하게 밝아 오면 링거액 공급이 끝나고 아내는 몽롱함에서 서서히 의식을 찾는다. 그때 내뜸 꺼내는 첫마디가 나더러 바람 한번 쐬고 오라는 말이다. 그 말은 담배라도 한 대 피우고 오라는 뜻이다.

조바심치며 아주 긴 밤을 보냈다. 7월의 더운 열기도 새벽 공기는 청쾌하다. 편의점에 들러 우유와 빵을 사 들고 동아의료원 설립자 한림 정수봉 선생 흉상이 서 있는 벤치에 앉았다. 습관적으로 앉는 자리이다. 벤치에 앉을 때나 일어설 때는 항상 흉상 앞에 경건하게 고개를 숙인다. 흉상에 새겨진 강은교 시인의 글귀를 되뇌고서야 병실로 향한다.

여기

삼시 눈길 멈추신 이여,

보이시는가

멀고 먼 穹窿 끌어당기시는

님의 긴 눈초리

결코 보이지 않는 별 쓰다듬으시는

님의 九萬里 하늘이마

들리시는가

말씀하지 않으시며 말씀하시는

님의 우레지는 가슴소리

이 땅의 山이란 山 고루 안아주시는

님의 깊디깊은 어깨

그렇게 3차, 4차, 5차, 6차 항암 치료를 받을 때마다 하룻밤은 꼬박 아내의 손을 꼭 잡아주어야만 했다. 아내에 대한 미안함과 혼자가 아니라는 심리적 안정이 필요하기 때문이다.

부부 싸움은 칼로 물 베기라고 가끔 싸우다가 토라지고 눈물 찔끔 흘리다가도 금세 화해하면 되는 줄 알았다. 부부 싸움도 때로는 사랑의 활력소라 자위했다. 그러나 아내보다 내 목소리가 늘 큰 편이라 부부 싸움이라기보다는 일방적 화냄이다.

막상 파킨슨병과 암이 발병되고 보니 나의 아집과 독선, 오만과 편견으로 인한 스트레스가 원인일 수도 있다는 생각이 들었다. 무의식 속에 잠재된 의식의 반영이 병으로 나타나지는 않았는가 생각하면 가슴이 찢어진다.

여윌 대로 여윈 아내의 얼굴을 바라보며 꼬치꼬치 말라 가는 손가락을 만지작거리며 피눈물을 쏟았다. 다시는 돌아오지 못할지도 모른다는 공포간이 엄습히며 목울대가 뜨거워지며 눈시울이 붉혀졌다. 생을 다하는 그 날까지 꼼짝 않고 아내를 지킬 것이라 천만번 다짐을 한들 무슨 소용이 있으랴.

기적이 아니다

아내의 병상 맞은편 환자는 언어장애인이다. 부인 곁을 지키는 남편도 언어장애인이다. 우리 부부보다 서너 살 위로 보이는 부부는 금실이 두텁게 보였다. 우리 부부와 서로 대화는 할 수 없으나 눈빛으로 인사하고 느낌으로 소통하였다.

의사의 회진 시간이 다가오면 침대에 딸린 접이식 상을 펴고 그 위에 백지 몇 장과 볼펜을 올려놓고 기다린다. 그것들은 의사와 환자의 원활한 소통 수단이다. 메모지와 볼펜을 들고 창틀에 기대선 남편에게는 절실함과 애틋함이 묻어났다. 지극한 사랑이다.

며칠간 지켜본 바로는 매번 담당 의사는 환한 얼굴로 부인에게 "오늘 기분 어때요?"라는 간단한 손짓말을 한다. 나는 수화를 몰라도 부인의 표정만으로도 어떤 대답을 했는지 알 수가 있다. 좋다, 나쁘다, 힘들다는 표정의 손짓말은 누구나 짐작할 수 있기 때문이다.

손짓말만으로 의사 전달의 한계에 부딪히면 부인은 빠르게 글을 적는다. 의사는 읽고 부인은 다시 또 적기를 몇 번 반복한다. 사이사이 남편도 의사에게 수기로 질문을 한다. 그렇게 진지하게 무언의 대화가 끝나면 서로 웃음으로 화답하며 회진은 마무리가 된다. 그러한 모습은 드라마의 극적인 장면을 연상하게 하였다.

혈액종양내과 병실에서 아내를 병간호하는 남편은 세 명이 있었다. 오랫동안 입원과 퇴원을 반복하다 보면 같은 병실에서 만날 수도 있고 그렇지 않을 때도 있다. 그 부부와는 한두 번 같은 병실에서 생활하였다. 그때마다 그 남편을 가만히 지켜보면 존경심이 저절로 우러나왔다.

부인에게 하루 세 끼 꼬박꼬박 챙겨주는 살뜰함, 호스를 타고 내리는 오줌통을 그때그때 갈아주는 능숙함, 야무지게 설거지하는 깔끔함 따위는 잔잔한 감동을 자아내게 하였다. 그런 모든 행동이 나에게는 두 주먹을 불끈 쥐고 '아자, 아자!' 힘을 내게 하는 원동력이 되었다.

어느 날 문득 그 부부와 대화를 하고 싶었다. 조심스레 다가가 남편에게 엄지손가락을 세워 보였다. 흔한 말로 엄지척을 하였더니 나이에 걸맞지 않게 뒤통수를 긁으며 쑥스러워하였다. 침상에 누운 채 조용히 지켜보던 그의 아내가 양손으로 남편에게도 나에게도 엄지척을 하였다.

잔잔한 웃음 속에 무언의 대화는 이어졌다. 남편이 메모지에다 내 아내의 병명이 뭐냐고 물었다. 나는 '파긴슨병 투병 2년, 4개월 전 악성 림프종 발병'이라고 적었다.

'아내의 병명은요?' 내가 물었다.

남편에게 메모지를 건네받은 그녀가 이렇게 적었다.

'3년 전에 대장암 4기로 수술하여 방사선 치료 30차, 항암 치료 12차, 이후에 몸 관리를 잘못하여 암 재발, 다시 방사선 치료 17차, 항암 치료 3차, 지금은 방광염과 엉덩이 뒤쪽 상처를 치료하고 4차 항암 치료 중'이라고 했다.

다시 부인에게 메모지를 건네받은 남편이 자기는 아내가 아프기 전에 버거씨병으로 오랫동안 입원하여 치료를 받았다고 했다. 버거씨병은 팔다리 동맥이 염증성 변화 때문에 막혀서 팔다리가 썩는 질환이다. 하루에 담배를 4갑이나 피운 것이 주원인이라고 한다.

그때 아내의 극진한 병간호가 없었다면 삶을 포기했을 거라 했다. 두 다리를 절단해야 하는 지경까지 갔다가 기적적으로 회복하였다면서 멋쩍은 웃음을 지었다. 그러면서 아내를 향해 엄지척을 하였다. 아내는 환한 웃음을 지으며 남편에게 또 엄지척을 하였다. 두 분은 모든 것이 기적이라고만 하였다. 두 분의 엄지척은 서로의 두터운 신뢰 속에 쌓인 애틋한 사랑이다.

나는 두 분에게 메모지가 아닌 서투르나마 나만의 손짓말을 하였다.

집게손가락을 허공에 찌르며 이내 양손으로 가위표를 그렸다. 그리고 두 분을 향해 양쪽 손가락으로 하트 표시를 하였다. 그것은 기적이 아니라 두 분의 애틋한 사랑의 힘이라는 뜻이었다.

짧은 대화였지만 대화 내용을 주고받았던 메모지를 나에게 주기를 요청하니 부인이 고개를 가로저었다. 우리 부부가 힘들 때마다 메모지의 글을 보며 용기를 내고자 함이라고 하니 고개를 끄덕이며 메모지를 나에게 건넸다.

그분들과 대화한 내용의 메모지를 코팅하여 가끔 힘들 때마다 읽어보곤 한다. 기적은 그냥 오는 것이 아니다. 환자 본인의 극복 의지와 가족의 응원과 담당 의사에 대한 믿음 속에서만 기적을 낳는다. 이 셋 중 어느 하나라도 무너지면 기적은 없을 것이다. 환자가 이겨내려는 의지의 원천은 가족을 향한 사랑이다. 가족의 응원은 그냥이 아닌 간절하여야 한다.

그러한 깨달음에 오늘도 아내와 나는 대충이 아닌 병마와 힘껏 싸우고 있다. 기적은 그냥 오는 것이 아니라 우리가 만들어 가는 것이라는 신념을 지킬 것이다.

두상이 예쁜 아내

여성들은 탈모로 인한 스트레스가 엄청나리라 짐작한다. 유독 여성뿐이겠는가? 남성들도 마찬가지일 것이다. 항암 치료의 부작용 중 하나가 탈모 증상이다. 보통은 항암제를 투여하고 2~3주 정도가 지나면 그 증상이 나타난다. 그러나 모든 항암제가 그렇다는 것은 아니다. 환자의 상태에 따라 달리 투여하는 일부 항암제 사용 시에만 탈모 증세가 나타난다고 했다.

아내는 1차 항암 치료를 받은 며칠 후부터 그 증세가 나타났다. 2차 항암 치료를 마치고부터 한 움큼씩 빠지기 시작했다. 어느 날 갑자기 거울 앞에서 눈물을 펑펑 쏟았다. 아내는 이내 전동 바리캉으로 손수 이마에서 뒤통수 쪽으로 머리털을 밀기 시작했다. 통곡의 눈물과 머리카락이 범벅이 되었다. 나는 아내의 등허리를 붙잡고 한참을 울었다.

내 손에 쥐어진 바리캉, 실로 오랜만에 잡아 보는 바리캉이었다. 떨리는 손으로 아내의 귀밑머리까지 깔끔하게 밀었다.

바리캉…

나에게는 친숙한 단어이고 추억이고 아픔이고 사랑이다.

내가 꼬맹이 때부터 아버지는 이발사였다. 그때는 지금의 전동 바리캉이 아닌 악력기처럼 손으로 쥐다 펴기를 반복하는 수동식이었다.

잠시 스무 살 안팎으로 돌아가 본다.

입대를 며칠 앞둔 친구를 위한 우리들만의 송별식이 있다. 아버지가 이발관 문을 닫는 동시에 친구들은 이발관에 모였다. 우리들만의 의식인 삭발식을 하기 위함이다. 여럿이 돌아가며 입대하는 친구의 머리를 바리캉으로 밀었다. 3년간 몸 성히 다녀오라는 친구들의 염원과 우정이 담긴 의미이다. 머리카락을 쥐어뜯어도 "아야, 아야!" 하며 오만상을 지어도 웃음은 그치지 않았다.

그날은 빡빡머리 친구가 주인공이다. 그 친구를 앞장세우고 꽁무니만 따라다니면 세상 겁날 것이 없었다. 여기저기 포장마차를 돌아다니며 술을 퍼마시고, 어깨동무를 하며 꽥꽥 고함을 지르고 온 동네를 휩쓸고 다녔다.

"사나이로 태어나서 할 일도 많다만 너와 나 나라 지키는 영광에 살았다! 고요하게 흐르는 밤의 적막을 어이해서 너만은 싫다고 울어대나!" 군가와 유행가를 섞어 부르며 고성방가를 하여도 그날만은 순경 아저씨도 동네 어르신도 씩 웃고 지나갔다. 빡빡머리만 누리는 특권이자 그 시절의 낭만이었다.

욕실에서 면도기로 아내의 잔 머리칼을 마저 밀면서 그때 그 빡빡머리 이야기를 들려주었다. 그리고 드러난 머리 생김새에 빗대어 지었던 내 친구들의 별명도 일러 주었다. 누구는 뒤통수가 삐뚤어져 '삐뚤이', 누구는 머리꼭지가 볼록하게 튀어나와 '뽈록이', 또 누구는 흉터가 많아 '숭식이'라 부른다고 했다.

거울에 비치는 아내의 두상이 참 예뻤다. 여배우의 삭발 투혼이 세간에 뉴스거리가 되었던 영화 『아제아제 바라아제』의 주연 배우를 닮았다고 했다. 그 말이 조금은 위안이 되었는지 입가에 야릇한 미소를 지었다.

마지막 항암 치료를 끝낸 달포 후부터 성글게 돋던 머리카락이 서너 달 뒤에는 못자리판의 볏모처럼 다보록하게 되었다. 때아니게 모판에 서리가 내린 것처럼 온통 하얗다. 사실 아내는 머리가 세는 것을 달가워하지 않는다. 입원 전까지는 염색으로 철저하게 관리를 해 왔다. 돌이켜 보면 이따금 내 무릎을 베개 삼아 누워 아들딸에게 흰 머리를 뽑게 하여 머리칼 하나에 얼마씩 계산하여 용돈 삼아 준 적이 있다.

입원 내내 입버릇처럼 퇴원하면 제일 먼저 가발을 살 거라고 하였다. 진료 대기실에서 안면 있는 환자의 가발 쓴 모습이 보기 좋았던 것일까? 흰 머리칼을 드러내기가 싫었던 것일까? 내심 나는 가발을 쓰는 것도 염색을 하는 것도 마땅찮았다. 암을 극복하기 위해서는 모든 것을 내려놓아야 한다. 수치와 자존심 따위는 깡그리 버리기를 원했다. 가발도 염색도 암 재발에 걸림돌이 될 수 있기 때문이다.

아내에게 내 초등학교 여자 동창생 중 K는 흰 머리칼이 매력적이라고 입에 침이 마르도록 칭찬을 했다. 내 고등학교 동창생 중 L도 흰 머리칼이 주는 온화함과 중후함이 동시에 느껴지더라고 했다. 텔레비전에 비친 외교부 장관은 여성이지만 흰 머리칼이 카리스마를 뿜어내며 고혹적이라고 했다. 앞으로는 국내외 유명 배우, 모델 등 연예인뿐만 아니라 정·재계 인사들까지 백발 스타일이 주목받을 것이라고 했다. 감히 젊은이들은 흉내 낼 수 없는 백발이 빛을 발하는 시대가 올 것이라고 목청을 높였다.

그래서였을까?

어느 날부터 두상을 완전히 가린 챙이 넓은 모자를 벗고 햇빛만 가리는 챙 모자를 쓰기 시작했다. 골다공증 약을 복용하는 아내는 우리 몸의 뼈가 튼튼하게 유지되게 하는 칼슘 대사에 필수 영양소 중의 하나가 비타민 D라는 것을 잘 안다. 비타민 D는 음식물로 섭취하는 것보다 하루 일정 시간 태양광선을 쬐는 것이 결핍을 예방하기 위한 가장 좋은 방법이란 것도 잘 안다. 마음을 비우고 내린 것일까? 아내의 놀이터인 정원과 텃밭에서 모자를 벗고 놀기 시작했다.

나는 꿈을 꾼다. 쇼트커트의 은발에 어울리는 옷맵시를 그리며 여성 의류점을 기웃거린다. 파마머리가 아닌 쇼트커트의 은발이 아내의 독보적인 마스코트가 될 것이라는 꿈 말이다.

팔공산 갓바위

팔공산 갓바위가 자리한 곳이 행정상으로 대구인지 경북 경산인지 정확히 몰랐다. 팔공산 관봉 꼭대기에 석조여래좌상이 결가부좌의 자세를 취하고 있다는 것, 불상의 머리에 얹힌 자연 판석이 갓처럼 보인다 하여 '갓바위 불상'이라는 정도만 귀동냥으로 알고 있었다. 그 이상은 관심도 없었기에 굳이 상세히 알 필요도 없었다.

팔공산 갓바위는 오래전 아내와 순전히 산행을 목적으로 한두 번 갔었다. 딸의 중등임용고사 합격을 기원하기 위해 간 적도 있었다. 갈 때마다 아내가 108배를 하는 동안 나는 팔짱을 끼고 먼 산만 쳐다보고 있었다.

사실 나는 이곳을 찾는 사람들의 염원이 무엇인지는 몰라도 참 어리석은 짓이라 치부하였다. 평소 우상숭배나 교조주의로 인해 희생물로 전락한 것이 종교라고 폄하하기도 했다. 특히 샤머니즘의 행위에 대해서는 더더욱 말할 것도 없이 저항의 골은 깊었다. 그것이 나중에 자아와의 정체성 혼란으로 심한 열병을 앓게 될 줄을 감히 상상이나 했겠는가.

딸의 중등임용고사 발표 하루 전인 1월 25일, 카타르에서 벌어진 2011 아시안 컵 축구 결승 진출을 놓고 한일전 경기가 있었다. 전후반 1 대 1로 비겨 연장전에서도 서로 한 골씩 득점하여 2 대 2로 비겼다. 승부차기까지 끝낸 시간이 새벽 두 시쯤이었던 것 같다. 아침에 발표하는 딸의 임용고사 발표 때문에 도저히 잠을 이룰 수가 없었다. 담근 술을 맥주잔에 따라 몇 잔 마셔도 더넘이는 사라지지 않았다.

그해는 우리 집 경제 사정이 최악인지라 딸이 불합격한다면 엎친 데 덮친 격이 되고 만다. 치매로 입원 중인 아버지, 간 경화와 담관암으로 치료 중인 어머니, 손아래 동생의 간 경화 투병, 서울로 유학 간 아들 녀석의 등록금과 생활비 등 내 월급만으로 버텨 나가기에는 거의 한계에 다다랐기 때문이다.

발표 시간이 훨씬 지났는데도 딸에게서 전화가 오지 않았다. 떨어졌나? 그렇다면 위로와 격려를 어떻게 할까? 잠시 생각에 잠겼다. 따르릉, 10시쯤에 핸드폰이 울렸다. 나는 깊은숨을 크게 한 번 내쉬고 떨리는 마음을 가다듬었다.

"여보세요?"

"아빠!"

"응, 그래."

"저 합격했어요!"

긴말이 필요 없는 짧은 대화 속에 그동안의 힘듦을 한순간에 보상받는 순간이었다. 통화가 끝나자마자 "대한민국 만세! 대한민국 만세! 대한민국 만세!" 만세 삼창의 엄숙한 의식과 함께 우리 부부는 얼싸안고 난리가 났었다.

아내는 딸의 합격을 부처님의 은덕으로 돌렸다. 나는 '개코같은 소리, 얼어 죽을 부처님 좋아하고 있다'는 비아냥거림이 내심이었다. 그러리 말리 이 기쁜 소식을 제일 먼저 입원 중인 어머께 전해드렸다. 잔잔히 웃음만 지으시던 어머니는 손녀가 중학교 체육 교사로 출근하는 모습을 본 넉 달 후에 먼 길을 떠나셨다.

아내에게 108배를 부질없는 짓이라 치부하는 나름의 구실이 있었다. 아들이 고2 때 나는 밀양에서 안동으로 발령이 났었다. 마산고등학교 뒤쪽 언덕배기 위 자그마한 빌라에서 아내와 아들이 살았고, 딸은 대학교 근처 원룸에서 생활을 하였다.

마산에서 밀양으로 출퇴근하다가, 안동에서는 주말에 한 번 아니면 달포에 한 번 집에 들렀다. 무엇보다 아들놈 걱정이 앞섰다. 고2 때까지 내신이 하위권에 머물러 4년제 대학을 꿈꾸긴 글렀다고 생각하였다.

안동으로 떠나기 전 아내에게 신신당부한 것이 있다. 아내는 여느 엄마들과 달리 아이들에게 공부하라는 말을 안 하는 편이다. 딸이 고등학생일 때나 아들이 고등학생일 때나 별반 차이 없이 고교생 엄마의 고행, 아슬아슬함, 스트레스 따위를 겪지 않은 한마디로 불량 엄마였다. 어쩌면 그것이 아이들에게는 공부의 압박감을 최소화 하려는 아내 나름의 교육 방식일 수도 있다. 또한 교육 문제만은 남편에게 전권을 준 탓도 있다.

어쨌거나 나의 간곡한 당부는 이랬다.

'아들이 학교에서든 독서실에서든 마치고 집에 올 때는 현관에서 맞이하기, 늦은 밤까지 공부할 때 간식 챙겨 주기' 딱 이 두 가지만 신경 써 주길 바랐다.

다음 해 석가탄신일을 안동에서 보냈다. 직장 동료의 사탕발림에 넘어가 안동의 꽤나 이름 난 사찰을 세 군데나 찾았다. 부처님 오신 날에 삼절, 즉 사찰 세 군데를 찾아 불공을 드리면 소원이 이루어진다는 꾐에 빠져 평생 처음으로 그리하였다.

나중에 그것이 두고두고 화근이 될 줄을 누가 알았겠는가. 남편이 가족들의 건강과 행운을 빌던 그날, 아내는 나이트클럽에서 신나게 놀고 있었으니 말이다. 그 일이 있고부터 두 번 다시 절을 찾지 않는 우매함은 질기도록 이어졌다.

서른을 넘긴 아들이 군 입대를 며칠 앞두고 서울에서 내려왔다. 학사와 석사 학위를 마치고 박사과정을 밟다가 군 입대와 대체복무를 두고 고민과 갈등 속에 빠졌다. 10여 년간의 젊은 청춘을 고스란히 학업에 바쳤으나 대한민국의 불투명한 미래가 미덥지 않다는 저항심도 생겼다. 한편으로는 공부가 지칠 만도 했을 것이다.

혼란에 빠진 아들 녀석이 안쓰러워 아무 생각 없이 발길이 닿은 곳이 팔공산 갓바위였다. 안동에서 삼절을 찾은 이후로는 부처님께 예불을 드려본 적이 없었다. 그때가 처음이자 마지막이었다.

천년을 버틴 관봉 석조여래좌상과 눈을 맞추는 순간 그 위용에 숨이 멎을 것만 같았다. 자비롭다는 부처님은 불자가 아닌 내게도 무릎 꿇었다는 이유만으로도 포근히 안아줄 것 같았다. 예전에 아내가 했던 대로 합장을 하며 무릎을 꿇고 이마를 조아리며 바닥에 편 양손을 하늘로 향했다가 일어서기를 108번 반복하였다.

불교에서 '법랍'이라는 말이 있다. 승려가 된 뒤로부터 치는 나이 또는 한여름 동안의 수행을 마치면 한 살로 친다는 뜻이다. 승려가 된 것도 아니고 한여름 동안 수행을 한 것도 아니지만 깨달음의 길로 들어서는 순간이었다.

아내가 암 진단을 받았을 때 갓바위를 찾아 108배를 하는 내내 소리 내어 울었다. 통곡이었다. 백여덟 번째 큰절을 하고 두 손을 모아 올리니 눈물이 온몸을 타고 내렸다.

이후로 항암 치료를 할 때마다 매번 찾았고, 방사선 치료를 할 때는 주말 저녁에 찾았다. 기축년 마지막 날 제야의 종소리가 울리기 10분 전에 부처님께 무릎을 꿇었다. 108배를 하고 나니 경자년 새해가 되었다. 의도적이었지만 갓바위에서 한 해를 마무리 하고 새해를 맞이하였다. 사람들이 삶에 찌든 육신을 맑히려고 찾든지 염원의 기도를 하기 위해 찾든지 나에게는 갓바위가 관봉이 아니라 간절함이었다.

'내 사랑 자야, 힘내라!'

팔뚝만큼 굵은 양초에다 매직펜으로 쓴 글귀는 진작 녹아내렸겠지만, 그 염원만은 아직껏 활활 타고 있을 것이다.

미다스 손

스물여덟 번의 방사선 치료를 끝내고 석 달이 흘렀다. 검사 결과는 좋게 나왔고 석 달 후 정밀 검사만 남겨 놓았다. 아내는 오른쪽 가슴 부위에 심어져 있는 항암 포트를 제거하기 위해 수술실로 들어갔다. 나는 대기실 의자에 앉아 모은 두 손을 이마에 대고 머리를 숙였다. 한 시간도 채 안 되는 동안에 지난 10개월간의 험난했던 노정이 파노라마처럼 빠르게 지나갔다.

석 달 후 정밀 검사를 앞두고 담당 의사의 포트 제거 결성에 나는 염려스러운 물음을 던졌다. 아내는 모든 액체 약물을 포트를 통해 주입하였다. 혹여 재차 항암제 투입 시에는 또 포트 삽입 수술을 받아야 하기 때문이다. 좋지도 않은 거 몸에 지닐 필요성이 있냐며 담당 의사는 씩 웃었다. 그 말인즉슨 아내의 몸에 암 세포가 거의 사라졌다는 의사의 확신이라 믿었다.

포트 제거 후 주의 사항이 적힌 쪽지를 건네며 조목조목 설명하는 간호사에게 허리를 몇 번이고 굽혔다. 첫째, 2~3일에 한 번 동네 병원에 들러 소독을 하고, 10일 후 실밥을 뽑으면 된다. 둘째, 하루 이틀은 오른팔을 사용하면 안 된다. 셋째, 수술 부위가 아물기 전에는 목욕은 안 된다.

이틀 후 소독을 하기 위해 집에서 가까운 가정의학과를 찾았다. 그곳을 찾은 이유가 몇 가지 있다. 집에서 가깝기 때문인 것도 있지만 무엇보다 원장님의 두터운 신뢰 때문이었다. 1차 항암 치료를 마치고 퇴원 후에 포트 삽입 수술 부위 소독을 그곳에서 받았다. 며칠 후 동아대학교병원에 진료를 받으러 갔는데, 참 깔끔하고 정성스럽게 소독을 하였다고 칭찬이 자자했다. 또 있다. 아내가 오랫동안 복용한 당뇨약도 시골 의사치곤 처방이 보통이 넘는다고 하였다. 얼마나 감사한 일인가!

또 이틀 후, 소독을 하여야 하는데 한참을 고민하였다. 코로나19가 영 마음에 걸렸다. 유독 사회적 거리 두기에 개념이 없는 시골 노인네들 때문만은 아니었다. 나라 안팎으로 어수선한 분위기가 기저질환자인 아내에겐 공포감을 불러왔다.

할 수 없이 약국에 들러 사정을 말하고 소독에 필요한 모든 것을 구입했다. 이틀 전 가정의학과 원장의 어깨너머로 훔쳐본 것을 떠올리며 아내를 눕혔다. 상처 부위에 붙인 넓은 반창고를 떼는 순간부터 내가 아닌 가정의학과 원장이 되었다. 자칫 꿰맨 자국에 눈물 몇 방울 남길 뻔했다. 그렇게 며칠간 소독을 하니 상처가 아물었다. 가정의학과를 다시 찾아 실밥을 뽑고 한 주가 지났다.

몸이 근질거린다는 아내를 김장 배추를 절이던 둥근 고무 통에 뜨끈한 물을 채워 앉혔다. 때수건으로 등을 미니 금세 피부가 발개져 손으로 밀었다. 투박하고 억센 내 손바닥과 손가락이 때수건이 된 셈이었다.

내 손이 약손이다. 내 배가 아플 때면 "익이 배는 똥배, 엄마 손은 약손…." 하며 내 배를 쓱쓱 문질러 준 어머니가 생각났다. 아내의 잔물결처럼 떨리는 어깨, 바싹 마른 등을 밀면서 아버지가 생각났다. 내 눈물방울이 아내의 등줄기를 타고 내려 애써 태연한 척 손가락을 바삐 놀렸다.

　언젠가 아내가 부모님을 모시고 온천을 가자고 했다. 나는 서먹하여 망설였다. 내 기억에 아버지와 목욕탕을 간 적이 있었는지 없었는지조차도 생각이 나지 않기 때문이다. 나의 어린 시절 아버지는 방랑벽으로 집을 비운 적이 태반이었다. 외할아버지 손을 잡고 십 리 길을 걸어 목욕탕을 간 기억밖에는 없다.

　아내와 2시간 후에 휴게실에서 만나기로 하고 탈의실로 갔다. 옷 벗는 것조차도 버거워하는 아버지가 연민스러웠다. 뼈만 앙상하게 남은 초췌한 모습과 군데군데 시퍼렇게 멍든 몸을 보니 눈시울이 뜨거웠다. 아버지는 탕에 몸을 담그기가 어려워 앉은뱅이 의자에 앉혔다. 양치와 면도를 해드리고 등을 손으로 밀어도 자칫 살갗이 벗겨질 정도라 아버지 등에다 속울음을 쏟았다.

　아내의 음식 맛은 향토적이다. 아내는 고등학교 진학을 위해 도회지로 유학을 오기 전까지 시골에서 태어나고 자랐다. 바다가 지척이라 간간이 바람을 타고 짠 내가 풍기는 곳이다. 자연스레 해초와 푸성귀로 나물거리를 만들어 무치는 손맛이 가히 일품이다.

　우리는 증조부모, 조부모(할머니 두 분), 부모 기제사와 추석과 설을 더하면 일 년에 제사상을 아홉 번이나 차려야 했다. 아내가 아프고부터는 증조부모와 조부모는 음력 시월 첫 주에 묘사로 대신하였지만 그전까진 그리했다.

　내가 안동에서 직장 생활을 한 적이 있다. 그곳의 토속 음식 중 헛제삿밥이 있다. 아내의 손맛이 그리울 때 두어 번 먹었고, 아내가 안동에 왔을 때 함께 먹은 적이 있다. 제사상에 올리지 않았던 음식이라 그런가, 내 입맛이 아내의 손맛에 길든 탓인가, 뭔가 아쉬움이 남는 음식이었다. 역시 나물과 탕국은 아내의 손맛이 최고란 걸 새삼 알게 되었다.

아프고부터 아내의 손맛이 사라졌다. 미각이 둔해졌기 때문이다. 단맛, 짠맛, 신맛, 쓴맛을 잃는 것도 항암과 방사선 치료의 후유증이다. 반평생을 아내의 손맛에 길든 감각과 간간이 어깨너머로 본 눈썰미를 더듬어 앞치마를 둘렀다.

암을 극복하기 위해서는 체력이 으뜸이다. 체력이 달려 치료를 중단하는 경우가 많다. 아내는 극복 의지가 강해서인지 남편을 가상하게 보았는지 토할 때 토하더라도 먹었다. 항암제의 독한 기운이 온몸에 퍼지는 비몽사몽간에도 포크를 놓지 않았다. 포크를 헛손질하면서도 절대로 포기하지 않았다. 나는 피 울음을 삼켜야 했다.

"『그리스 신화』에 따르면 탐욕스러웠던 '미다스(Midas)' 왕은 재산이 엄청나게 많았음에도 더 많은 부귀를 원했다. 그는 술의 신 디오니소스에게 손에 닿는 모는 것을 황금으로 변하게 해달라고 청했다. 술에 취한 상태에서 디오니소스는 소원을 들어주었고, 미다스는 자신의 손에 닿는 것은 무엇이든 금으로 변하자 기쁨에 넘쳤다. 하지만 그 능력이 가장 고통스러운 재앙임을 깨달았다. 만지기만 하면 황금으로 변하니 음식조차 먹을 수가 없었다. 상심한 그는 무심코 자기 딸을 안았다가 딸이 금 조각상으로 변했다. 미다스는 디오니소스에게 원래대로 되돌려 달라고 청했다. 디오니소스는 미다스에게 이렇게 말했다. "팍타로스 강이 시작되는 곳까지 거슬러 올라가 머리와 몸을 담그고 네가 범한 잘못과 죄를 씻어라!" 그렇게 하여 금을 만드는 능력이 물속으로 사라졌다는 이야기이다.

오늘날 '미다스의 손(Midas touch)'은 '성공의 손', '마법의 손'이라는 의미를 부여하기도 한다. 아내와 나는 미다스의 손이 되기를 꿈꾼다. 아내는 잃어버린 손맛을 찾는 꿈, 나는 파릇파릇 새 생명의 기운을 불어넣는 마법의 손이 되는 꿈 말이다.

뜀박질

잠결에 누군가가 쫓아오는 소리에 깜짝 놀라 눈을 떴다. 슴벅슴벅 눈만 끔벅이고 있는데 밖에서 토닥거리는 소리가 계속 들렸다. 꼭 도리깨로 콩 타작하는 소리 같다. 이른 아침부터 누가 부지런을 떠나 목을 빼고 창밖을 내다보았다. 아내가 울 안팎에서 뛰고 있다. 울 몫을 톡톡히 하는 남천이 아내 키만큼 자라 구름모자 쓴 듯 아내의 흰 머리칼이 설핏 걸렸다. 그 모습을 애연히 지켜보다 밖으로 나가 아내를 향해 엄지손가락을 세워 보이며 파이팅을 외쳤다.

늦게 자고 늦게 일어나는 야행성인 나와 달리 아내는 일찍 자고 일찍 일어나는 아침형이다. 우리 부부는 평생을 그리 살았다. 며칠 전부터 잔걸음에서 조깅으로 맘을 바꾸어 천천히 달리기 시작했다니 내 심장도 뜀박질하였다. 곧 남천 열매가 빨갛게 익으면 아내도 덩달아 붉게 물들 것이다.

남천 나무는 여름에 작은 흰 꽃이 피고 가을에 둥근 열매가 빨갛게 익는 상록 관목이다. 우리나라에 들어온 시기는 분명하지 않다만 신사임당의 '화조도'에 남천으로 짐작되는 그림이 등장하므로, 적어도 16세기 이전에 중국에서 가져와 심고 가꾼 것으로 추측한다고 했다. 목조 주택으로 하얀 벽체와 빨간 기와지붕인 우리 집의 울타리로는 남천만 한 정원수가 또 있을까. 거기다가 전화위복의 꽃말과 함께 정화, 해독 등의 의미가 있다 하니 아내의 뜀박질 코스로는 최상이지 않은가.

우리는 병실에서 언어장애인 부부의 사랑을 지켜보며 기적은 그냥 오는 것이 아니라는 깨달음을 얻게 되었다. 아침부터 조깅을 하는 것은 기적을 바라는 것이 아니라 기적을 만들어내려는 의지였다. 현대 의학계에서는 파킨슨병을 불치병이라며 진행을 더디게 하는 것이 최선이라고 했다. 그러나 아내는 완치할 수 있다는 의지와 가족의 응원 속에 뛰는 것이 아닐까.

그렇게 며칠을 뛰다 보니 입술이 부르터졌다. 무리한 탓이다. 입 안을 보니 혓바닥이 새까맸다. 아내는 아침마다 그렇게 뜀박질을 하고는 울 안팎에 딸린 텃밭을 순시하는 일이 일상이다. 호박, 가지, 오이, 고추, 대파, 부추, 아욱, 상추, 쑥갓, 당근, 비트, 케일, 열무, 고구마 줄기 등 반찬거리를 고른다. 옥수수, 무화과, 모과, 석류, 감, 포도, 수박, 박 따위를 일일이 살피다가 입술이 검붉어지도록 복분자와 오디, 블루베리 열매를 따 먹는 재미가 쏠쏠하다고 했다.

혓바닥이 새까만 것은 그것들을 따 먹은 탓이라 단순히 여겼다. 양치를 해도 잘 지워지지 않는다는 아내의 말에 입 안을 플래시로 비춰 손가락으로 혓바닥을 문질러 봤다. 아이고, 섬뜩했다. 혓바닥이 가뭄에 거미줄처럼 쩍쩍 갈라진 마른 논바닥 같고 원숭이마냥 새까만 털이 솟은 듯했다.

혀에 검은 털이 난 듯하여 흑설모(黑舌毛)라 칭하는 이 증상은 항생제 과용이나 면역기능이 저하되면 나타난다는 것을 인터넷 검색으로 알았다. 위험 신호라고 겁을 주는 내용도 있었지만 대체로 1주일가량 충분히 휴식을 취하면 나아진다고 했다. 어쩌면 방사선 치료가 암 세포를 죽이는 반면 정상 세포도 타격을 받아 그 후유증일 수도 있겠다 싶었다.

일주일 후 예약 진료 때까지 운동량을 줄이며 관찰하기로 했다. 아침 조깅은 잠시 멈추고 산행 거리는 반으로 줄였다. 복분자와 오디, 블루베리 열매는 온전히 내 뱃속으로만 들어갔다. 믹서로 요구르트와 섞어 주스처럼 챙겨주는 아내 덕분에 내 입 안은 늘 상큼한 복숭아 향이 맴돌았다.

복숭아 향을 내뿜으며 아내의 입 안을 수시로 살폈다. 다행히 단비가 갈라진 마른 논바닥을 흥건하게 적시듯 어제 다르고 오늘 달랐다. 갈라진 혓바닥도 좋아지고 새까만 색깔도 연해졌다. 진료를 받는 날에는 담당 의사가 못 믿겠다는 듯 고개를 갸우뚱했다. 일주일 전에 검사한 MRI, CT, PET 등 검사 결과가 나쁘지 않고, 모든 수치가 정상에 가깝다며 양호하게 회복세를 보인다고 했다. 단지 목 부위에 상흔처럼 보이는 것이 눈에 거슬린다며 암의 흔적인지 단순 염증인지는 3개월 후 CT 검사를 하면 알 수 있다고 했다.

다음 날 아침부터 아내는 또 뛰기 시작했다. 먼젓번보다는 적당히 뛰고 하루 운동량을 조절하며 때로는 낮잠도 즐기는 여유를 가졌다. 그간 파킨슨병과 암, 이 두 가지를 극복해야 하는 아내는 늘 딜레마에 빠졌다. 먹는 양이 적은 데 운동량이 많으면 체력 저하가 걱정이고, 반면에 운동량이 적으면 파킨슨병이 걱정이었다. 그렇지만 이제는 고무줄을 늘줄이듯이 운동량을 조절하는 지혜가 생겼다.

기적은 만들어 가는 것이라며 오늘도 뜀박질하는 아내에게 엄지손가락을 내세우며 파이팅을 외친다.

2부

삶과 죽음 그리고 사랑

집안 내력

    평소 산행을 즐기던 아내가 파킨슨병 진단을 받은 후부터는 나도 따라나섰다. 그 바람에 내 몸무게가 반년 만에 20킬로그램이나 줄었다. 98킬로그램의 과체중에서 78킬로그램의 체중이니 누가 봐도 딱 좋은 체형으로 변모하였다. 그런 덕분에 복부 비만과 수십 년간 몸에 지닌 지방간도 사라졌으니 이 얼마나 고마운 일인가.

    나는 만성 B형간염 질환자이다. 수치가 과다하게 높아 약을 먹지 않으면 십중팔구 간암으로 진행될 수 있다는 의사의 경고에 복약한 지 3년이 넘었다. 복약하기 전 손아래 동생에게 상담을 하였다. 동생은 간 경화 말기로 10여 년을 투병하다가 간암으로 진행되어 간 절제술을 받았다. 그러니 누구보다 간 질환에 대해서는 의학박사 못지않다.

    나는 암에 대한 트라우마(trauma)가 심하다. 특히 간암은 더하다. 외할머니는 간 경화, 큰외삼촌은 간암으로 두 분 다 예순을 갓 넘기고 돌아가셨다. 두 분보다 훨씬 오래전 작은외삼촌은 마흔이 되자마자 간암으로 돌아가셨다. 외가에서 맏이인 어머니는 일흔여섯에 간 경화와 담관암으로 돌아가셨다. 어머니가 돌아가시기 몇 개월 전에는 막냇동생이 마흔셋의 한창나이 때 간암으로 떠났다.

    나는 아내가 1차 항암 치료를 받기 하루 전에 봉안당을 찾았다. 어머니 아버지께 당신의 며느리를 살려 달라고, 막냇동생에게는 미안하다 미안하다를 되뇌며 네 형수 좀 살려 달라고 빌고 또 빌었다. 나는 막냇동생과 어머니 아버지께 살아생전 사력을 다하지 못한 죄 장감에 빠져 늘 허우적거린다. 어쩌면 저승에서 다시 만나는 그날까 지도 헤어나지 못할 것 같다.

의학의 발달로 인간의 평균 수명이 연장되었다. 암도 이제는 더 이상 불치의 병이 아니라 때를 놓치지 않고 적절한 치료를 받으면 얼 마든지 완치할 수 있는 질병이다. 의학계에서는 그렇게 주장하고 우 리들도 믿고 있다. 그런데 이 암보다 무서운 것이 바로 항암 치료다.

초기 암은 수술만으로도 치료가 가능하지만 심한 경우 항암 치료 나 방사선 치료를 병행하여야 한다. 그러나 아내의 악성림프종은 초 기든 말기든 수술을 할 수가 없는 암이다. 상황에 따라 항암만 하거나 방사선과 병행하여 치료를 하여야 한다. 다만 환자의 상태에 따라 치 료 횟수만 다를 뿐이다.

항암 치료는 환자에게 수많은 부작용과 육체적 고통, 스트레스를 동반한다. 항암 치료를 견디다 못해 치료 자체를 그만두는 경우도 허 다하다. 환자에 따라서는 방사선 치료의 부작용도 만만치 않다. 항암 과 방사선의 가장 흔한 부작용은 복통, 구토, 소화불량 따위로 음식물 을 삼키기도 힘들다. 잘 먹어야 이겨낼 수 있는데 먹는 것 자체가 힘 드니 자연히 체력이 떨어질 수밖에 없다.

목 부분에 방사선을 28회 쏘인 아내는 입 안이 붓고 헐어 몇 개월 이 지난 지금까지도 후유증은 여전하다. 치아가 내려앉진 않았다는 것에 다소 위안을 삼을 뿐이다. 방사선 치료 전에 치아를 다 뽑는 경 우도 있으니 말이다. 이렇게 감내해야 할 고통이 너무 크다 보니 암이 많이 진행된 경우에는 치료를 포기하는 사람들도 있다. 남은 생을 치료를 받으며 고통받느니 차라리 통증을 관리하며 먹고 싶은 음식 먹고, 하고 싶었던 일 하면서 생을 정리하겠다는 것이다.

어느 날 손아래 동생은 막냇동생을 데리고 아산병원에서 검사를 받게 하였다. 병원 측에서는 당장 입원하여 항암 치료를 권했지만 한사코 이를 거부한 막냇동생은 부산 고신의료원에 입원하였다. 막냇동생이 입원하여 치료를 받을 때 간 경화 말기인 손아래 동생이 간병을 할 수밖에 없는 처지를 돌이켜 보면 가슴이 찢어진다. 맏형으로서 해준 게 아무것도 없다. 막상 아내가 암 투병을 하게 되니 막냇동생에게 최선을 못다 한 회한이 온몸을 옥죈다.

손아래 동생에게 세상에서 가장 믿고 마음을 열 수 있는 친구는 오직 술뿐이었다. 하나 술도 결코 믿을 만한 친구는 아니었다. 온전한 정신까지 야금야금 갉아먹고 간을 굳게 했다. 타협할 수 없는 세상을 향해 빗장을 잠근 채, 속으로만 움츠러드는 자신을 밖으로 내몰지도 못했디. 결국 간 경화에서 간암으로 악화되어 간 절제술을 받았다. 막냇동생과 똑같은 전철을 밟게 할 수는 없었다. 수술실로 들어서는 순간 두 손을 꼭 잡았다. 댓 시간을 대기실에 앉아 의자 등받이에 머리를 조아리고 두 손을 모아 기도를 했다.

지금은 수술 이후 술을 끊고 야트막한 산자락에 있는 국민 임대 아파트에서 혼자 생활하고 있다. 평생 총각으로 지낸 그 동생도 이제는 예순을 바라보는 나이가 되었다. 평생에 생일잔치 한 번 해 주지 못했으니 환갑이 되면 조촐하게라도 환갑잔치를 해야겠다. 칠순이 되고 팔순이 되고 아흔이 되고 백수를 누리는 날까지 함께 할 것이다.

만약에 아내가 고통을 감내하지 못한다면 나는 어떻게 해야 하나? 망연자실 넋 나간 꼴로만 지낼 수는 없었다. 은행에 예치된 기천만 원도 불안하여 집을 담보로 은행에서 7천만 원의 융자를 받았다. 여차하면 밭뙈기라도 처분하여 죽을 때 죽더라도 끝까지 싸워야 하기 때문이다.

항암 치료를 할 때마다 아내는 녹초가 되어 내 어깨에 기대어 혼곤히 잠이 든 모습을 볼 때마다 내 목울대가 뜨거웠다. 강골인 내 어깨에 바싹 마른 몸이 바스러질 것 같아 나는 어깨에 힘을 빼야만 했다.

동이 트자마자 구덕산의 정취가 환하게 보이는 창가에서 넋 나간 사람처럼 오도카니 서 있는 아내의 뒷모습을 볼 때마다 가슴이 아렸다. 산등성이 타고 올라가는 물안개가 뒤척이니 덩달아 기지개를 켜는 구덕산 자락의 갓밝이 정경이 어찌 저리 평온할 수 있다 말인가.

환갑날에 차린 제사상

지난 삼월 삼일(음력 이월 초아흐레)은 내 환갑날이자 아버지 기일이었다. 딸과 사위가 단출하게라도 잔칫상을 차린다고 하였지만 그럴 처지가 아니라고 딱 잘라 말했다. 무엇보다 아버지 기일에 잔칫상을 차린다는 것은 더더욱 불가한 일이다. 또한 신종 코로나바이러스 감염증(코로나19) 발생으로 인한 사회적 거리 두기도 필요하기 때문이다.

올 8월이면 군 복무 중인 아들이 제대를 하고, 12월이면 동갑인 아내도 환갑을 맞는다. 그러하니 아내가 기력을 회복하면 그때 가족, 친지, 지인들을 모시고 기쁜 마음으로 잔치를 했으면 했다. 그날이 오면 아내를 위하여 멋들어진 춤판을 마련해 주는 것이 나의 속셈이기도 하다.

아버지는 치매로 요양 병원에 계시다가 외롭게 돌아가셨다. 임종을 지키지 못한 불효자식의 생일을 마지막 순간까지 기억하고 싶었던 것이었을까? 떠나는 그 길이 못내 서운해서 무슨 뜻이라도 전하고 싶었던 것이었을까? 저승에서라도 만날 수만 있다면 꼭 여쭙고 싶다.

아버지가 돌아가신 다음 해부터 달력에는 내 생일 자리에 아버지 기일이라고 동그랗게 표시를 하였다. '사후 술 석 잔 말고 생전에 한 잔 술이 달다'는 속담처럼 살아 계실 때 대접하지 못한 것을 제사상에 이것저것 차리는 꼴이 마음은 편치 않았다. 아침부터 굽고 지지고 볶고 부산을 떨어도 막상 제사상을 다 차리고 나면 무언가 빠진 것 같은 부족함을 느낀다.

3년 전부터 간 질환 약을 복용하고부터는 음복주도 마시지 않았다. 특히 아내가 아프고부터는 언제 긴급한 일이 발생할지 모르니 술을 마실 처지도 아니었다. 그러나 이날은 작정하고 막걸리 두 병을 준비했다. 술김을 빌려서라도 어머니 아버지께 펑펑 울고 싶었다. 용서도 빌고 하소연도 하고 싶었다. 당신의 며느리를 살려 달라고 애원도 하고 싶었다.

나는 네다섯 살 때부터 증조부모님, 조부모님 기제사 때 아버지 옆자리를 지켰다. 오른손으로 술병을 잡고, 왼손은 술병 밑을 받치고, 양다리를 모아 허리를 정중히 숙이고 술을 따랐다. 평소 나에 대해 관대한 아버지도 기제사 때만은 엄하셨다.

기제사에는 좌포우혜, 어동육서, 홍동백서, 조율이시 따위의 제상 진설법이 있다. 강신, 참신, 초헌, 독축, 아헌, 종헌 등 지내는 순서도 있다. 그러나 지방과 집안마다 다를 수 있음을 경계하듯 '남의 제상에 밤 놔라 대추 놔라 한다'는 말도 있다. 나는 제상 진설법이나 순서가 옳든 그르든 그 누가 뭐라고 하여도 아버지의 가르침 그대로 제사를 지낸다.

제사를 다 지내고 나니 아내는 피곤함에 지쳐 이내 곯아떨어졌다. 나는 막걸리 두 병을 놓고 옛날로 갔다가 훗날로 갔다고 다시 돌아오기를 여러 번 되풀이했다.

초등학교 저학년 때도 고학년 때도 더러 혼자서 증조부모님, 조부모님 기제사를 지낸 적이 있다. 어머니가 제사상을 차려 놓고 누구에겐가 부탁하여 지방을 써 오면 어머니의 시킴대로 제사를 지냈다. 내 아픔보다는 어머니의 맺힌 한이 어땠을까? 제사상을 치우며 입버릇처럼 내뱉던 어머니의 신세타령이 귀에 쟁쟁하다.

"아이고, 전생에 내가 무슨 죄를 지었을꼬!"

역마살에 빼앗긴 남편 대신 시부모와 시조부모 기제사를 알뜰히 챙김은 자식들에게 업의 대물림을 끊으려는 신념이었을 것이다. 조상을 잘 모셔야 자손이 번성한다는 것이 어머니의 유일한 종교였다.

혼자서 홀짝홀짝 따라 마신 음복주에 취기가 오를 즈음 밖을 나가 밤하늘을 쳐다봤다. 총총한 별들 중에 막냇동생 별, 어머니 별, 아버지 별을 하나하나 손가락으로 헤아려 봤다. 참 보고 싶었다.

장모님

앙증맞도록 예쁜 아내의 두상도 옥에 티가 있듯 꼭뒤에 갈고리 모양의 흉터가 있다. 장모님께서 아내 나이 열두 살 때 호미로 낸 자국이다. 아내가 용돈벌이로 냇가에서 자갈을 채취하는 일에 세숫대야를 들고 나섰다가 장모님께 호미로 맞은 상처이다. 반세기 동안이나 잊고 살았던 어린 시절의 아픔이다. 내가 아내의 두상에 면도질할 때마다 아내는 돌아가신 장모님 얘기를 한다.

요즘이야 먹는 것 입는 것 무엇 하나 모자람 없이 자라는 아이들이지만 그 시대에는 흔히 있는 일이지 않은가. 때로는 지나고 나면 아무렇지 않게 추억이라고 이야기 할 수 있는 일을 가지고도 자신을 힘들게 했던 일이 숱한 것도 사실이지 않은가. 그러나 살다가 버거운 일을 만날 때 아픔의 추억도 위로 삼지 않은가.

지난해 4월 장모님께서 먼 길 떠나셨다. 향년 93세의 일기로 별세하셨으니 흔히 호상이라 하나 실상은 호상이 어디 있겠는가. 복을 누리고 오래 산 사람을 호상이라 하였으나 우리들의 부모님 세대는 복을 누렸다고 말할 수 없지 않겠는가.

아들 둘에 딸이 셋이나 있어도 함께 살 처지는 아니었다. 막내딸인 아내 빼고는 형제자매들이 가까운 곳에 사니 자주 찾아뵙는 것으로 자식 도리를 하였다. 더 이상 홀로 생활하기가 어려워 아흔이 넘어서야 요양 병원에서 2년 남짓 생활하셨다. 장모님보다 일곱 살 많은 장인어른이 팔순하나에 돌아가셨으니 20여 년을 홀로 지내셨다. 아흔이 넘으니 귀도 눈도 어두워지고 정신도 온전치 못하였다. 그러나 횡설수설하면서도 병실을 찾는 자식들과 사위와 며느리, 손주들의 이름은 용케도 헷갈리지 않았다. 병실에는 간병인 한 명이 대여섯 명의 할머니들을 돌보았다. 문병객들이 먹을거리를 챙겨오면 간병인은 할머니들에게 골고루 나눠주었다. 다들 기력이 쇠하니 매끼를 꼬박꼬박 먹는 것도 버거워 끼니 이외 군음식을 즐기는 편은 아니었다. 그냥 맛 흉내만 낼 뿐이다.

요양 병원 실정을 잘 아는 우리는 아내가 먼저 병실로 들어가서 간병인에게 필요한 먹을거리를 물어본다. 편의점 앞에서 기다린 나는 아내의 주문대로 먹을거리를 챙겨 병실을 찾는 현실감각을 발휘하기도 하였다.

찬바람머리가 찾아와 선득선득한 날씨에는 뭐니 뭐니 해도 따끈한 붕어빵이 최고였다. 반 원어치면 노릇노릇 황금 붕어 서른 마리에 덤으로 몇 마리 얹어 받는 맛도 쏠쏠하다. 종이봉투에 반씩 나눠 담아 간호사에게 한 봉투 전하고, 할머니들에게 두 마리씩 나눠주어도 한 마리를 채 드시지 못하였다.

장모님은 언제나 머리맡에 먹을거리를 가득 챙겨 놓았다. 우유, 요구르트, 음료수, 빵, 사탕, 과자, 바나나 따위가 꼭 소풍 가방을 펼친 듯 보였다. 그렇게 몇 날 며칠을 모아두었다가 가족들이 오면 나눠주곤 하였다. 이날은 한 보따리 챙겨주는 바람에 붕어빵과 물물교환을 한 셈이니 짠한 마음이 그지없었다.

장모님께서 제일 힘들어하신 것은 부축 없이 걷기 힘든 다리와 잘 들리지 않는 귀보다는 침침한 눈이었다. 자식들과 사위와 며느리, 손주 얼굴을 또렷이 보고 싶은 심정이 오죽했을까. 장모님을 모시고 안과를 찾으니 백내장이라고 했다. 노쇠한 아흔의 할머니를 선뜻 수술하기를 꺼리는 의사에게 우선 한쪽 눈만이라도 해 달라고 간청을 하였다. 사지가 멀쩡한 나도 양쪽 눈을 백내장 수술받고 일주일간 고생했었다. 눈이 붓고 가려워 얼음찜질까지 하면서 버티기가 여간이 아니었다. 혹여 잠결에 눈을 비비다가는 자칫 실명할 수도 있기 때문이다.

아무튼 장모님은 잘 견디었다. 일주일 후 안대를 풀고 우리 얼굴을 알아보는 장모님은 어린애처럼 좋아하였다. 의사가 나머지 한쪽 눈은 수술을 권하지 않았다. 한쪽 눈만으로도 사람을 알아볼 수 있으니 그나마 다행이었다.

한 달 후 이비인후과를 찾았다. 의사가 보청기는 언세가 연세니만큼 권하지 않았고, 귀지를 청소하고 나니 평소보다는 좀 낫다고 하였다. 그 이후로부터 이비인후과에 가고 싶어 하는 장모님을 서너 번 더 모시고 갔다.

나는 평생을 옳은 사위 노릇 한 번 못했다. 돌아가시기 전 백내장 수술과 귀지 청소해 드린 것으로 사위 노릇했다는 것이 민망할 뿐이다. 아내가 내 어머니 아버지를 살뜰히 모신 빚을 어느 정도는 갚아야 하는데 장모님은 그렇게 떠나셨다.

누군가 그랬다. 장모님께서 떠나실 때 당신 딸의 병을 갖고 가라고 염원하면 병이 나을 거라는 속설을 은근히 믿었다. 입관하는 날 장모님께 빌었다. 불구덩이에 밀어 넣으면서도 또 빌었다.

"장모님, 어차피 떠나실 바엔 당신의 막내딸인 자야의 지병을 갖고 떠나십시오."

"장모님, 요즘은 당신의 막내딸이 하루하루 몰라보게 몸이 좋아지고 있습니다. 사위의 바람대로 딸의 지병을 가져갔나 봅니다. 죽어서도 내리사랑을 쏟으신 장모님을 훗날 다시 만나는 날에는 양손 가득히 붕어빵을 사 들고 가겠습니다."

장모님이 그리울 때는 세상에서 가장 맛있던 장모님의 굴 떡국 맛을 흉내 내어 봅니다. 굴을 잔뜩 집어넣고 끓여도 싱싱한 바다 냄새는 덜하지만, 그릇에는 장모님을 닮은 석화 꽃이 뭉게뭉게 피어오릅니다.

비위 좋은 아내

아내는 예전부터 민간요법을 맹신하였다. 그것 때문에 내 잔소리가 늘 끊이지 않았다. 병원에서 처방받은 약을 먹어도 아무 소용이 없다고 민간요법에 많이 의존하였다. 돌이켜 보면 오죽 힘들었으면 똥술이나 오줌까지도 먹었을까.

손가락이 부어 시리고 아려 대학병원을 찾으니 퇴행성관절염이라고 했다. 물리 치료와 처방 약으로는 아무 소용이 없었다. 그렇게 10여 년이나 고생했다. 그것이 경추에 문제가 있다는 것을 우연찮게 동네 병원에서 알게 되었다. 목뼈가 일자목이나 거북목일 경우 손가락이나 다리에 통증이 온다고 했다. 미용사로서 20여 년간 손님의 머리를 만지느라 고개를 숙이고 일을 하였으니 거북목이 되지 않았나 싶다.

다행히 우연히 알게 된 '몸 살림 운동'으로 1년 만에 치유하였다. 정형외과 의사도 고개를 갸웃하며 아내의 운동 요법에 관심을 가질 정도였다. 그때부터는 무슨 병이든지 민간요법이 우선시가 되었다. 달고 짜지 않으면 좀 역한 냄새가 나도 코를 막지 않고도 먹을 정도였으니 비위 좋기는 달관의 경지에 올랐다.

아무튼 비위 좋은 아내에게 늘 고마움을 잊지 않는 한 가지가 있다.

밥상에 둘러앉아 끼니를 먹을 때마다 아버지는 밥알과 침을 많이 흘렸다. 어머니는 곁에서 바닥에 떨어진 밥알을 줍거나 아버지 입가를 닦아드리면서 식사를 하였다. 그럴 때마다 나는 바쁜 출근을 핑계로 바삐 수저질을 하거나 중도에 수저를 내려놓을 때도 있었다. 반면에 아내는 어머니 아버지가 수저를 내려놓을 때까지 절대로 밥상을 떠나지 않았다. 접시가 비워지면 입맛에 맞는가 보다 생각하여 반찬을 채우거나 드시고 싶은 반찬을 살갑게 여쭙기도 하였다.

마당 한편에 서 있는 감나무에서 홍시가 채 되기도 전에 감이 뚝뚝 떨어지는 어느 날이었다. 감이 너무 많이 달려 나무 스스로 솎아내는 자생력 탓이기도 했다. 유실수는 보통은 해거리하면서 열매가 열리는데 감나무는 유독 해거리가 심했다. 예년과 달리 그해는 잎겨드랑이에서 엷은 노란색의 통꽃이 은하만큼이나 피었고, 가루받이가 끝나니 감이 주렁주렁 열렸다. 마당에 떨어진 초록, 노랑, 빨강 감들이 범벅이 되어 초산 냄새를 풍겼다.

한참 맛있게 밥을 먹다가 아버지 빼고 우리는 킁킁 코를 벌름거렸다. 은행 열매 특유의 고약한 냄새였다. 우리 집 마당에는 은행나무가 없으니 떨어진 감이 어젯밤 비에 썩어서 나는 냄새인가도 생각했다.

돌연히 어머니가 아버지 허리춤에 코를 박더니 아버지를 일으켜 세워 화장실로 데리고 갔다. 나는 이내 수저를 놓고 밖으로 나갔다. 한참 있다가 들어오니 나 혼자만 뭔 일이 있었듯이 뻘쭘해졌다. 시부모님과 끝까지 식사를 함께하는 아내가 참 고마웠다. 그런 나는 참 나쁜 아들이다.

어머니가 자리에 눕고부터는 아내에게 기저귀를 맡겼다. 정신이 온전치 못해도 아들에게는 보이길 거부하는 몸짓이었으나 며느리의 손길에는 평온하게 받아들였다. 마스크도 쓰지 않은 채 부드러운 손

놀림으로 기저귀를 다 채우고 나면 미음을 떠먹여 주는 아내였다. 이런 아내를 마냥 비위 좋은 여자라고 치부하는 나는 참 나쁜 남편이다.

귓가에 어머니의 당부가 맴돈다. 아내에게 잘해야 한다는 말씀을 늘 잊고 살았는데 이제야 또렷이 들린다.

엄마, 걱정하지 마세요. 저도 이제는 비위가 많이 좋아졌습니다. 아내가 볼일을 보고 물을 내리지 않아도 짜증을 내지 않고 묵묵히 변기 청소를 합니다. 이제야 철이 들었나 봅니다. 어머니 아버지께 한 고마움의 빚을 하나씩 하나씩 갚아 나가고 있습니다. 아내의 병간호를 하면서 어머니 아버지 생각에 눈시울이 뜨거워집니다. 그때는 지금처럼 왜 못했을까 하고 후회가 많이 됩니다.

낭군님이 천하의 한량이었으니

반 백여 년 동안 눈물로 보내시고

이제는 말없이 낭군님 곁을 떠났으니

색시가 떠난 걸 아신다면 한량은 길을 헤맬 터

그러니 그리 오래 숨어 계시질 못할 것인데

낭군님께서 찾으시면

친정으로 갔다고 할까요

막내아들한테 갔다고 할까요

큰아들 집에 없다는 걸 아신다면

걱정할 터인데 어찌해야 합니까

당신이 짜꼬*를 짱구라고 불러도 꼬리 흔들며

바짓가랑이를 부여잡는 놈을 쓰다듬어 주었으니

응급차 앞을 가로막아 마구 짖었는가

지금도 거실에 누워계실 당신의 모습이

유리창에 비치길 풀이 죽어 바짝 엎드려 있고

당신의 가쁜 숨이 멈추는 걸 놓치지 않으려

바람이 방문을 닫을까 받쳐놓은 목침이

삼복 때 대자리에 누워 목 고개를 받쳐야 하는데

* **짜꼬**: 몰티즈인 우리 집 강아지 이름, 짜꼬는 어머니가 떠나시고 일 년 후 자연사
하여 어머니 곁으로 떠났다.

아직도 치울 수가 없는 것은
자꾸만 그쪽으로 눈길이 가기 때문입니다

그곳에서 며느리가 기저귀를 갈아줄 때
늙고 병들어 정신이 온전치 못해도
차마 자식 놈에게만은 보이길 거부하는 몸짓이
영판 한량에게 시집가는 새색시 같아
숨소리 죽이며 지켜볼 수밖에요

낭군님 찾아오면 예쁜 모습 보이려고
곱게 분칠한 얼굴 연분홍 입술
꽃무늬로 수놓은 삼베 신발 신으셨나요
가시는 길마다 눈물을 뿌린 것은
낭군님이 길 잃어버릴까 두려웠나요

그곳은 당신의 어머님 아버님 백부님이 계신 곳
당신의 남동생 둘과 막내아들이 있는 곳이니
낭군님은 누워서 떡 먹기보다 쉽게 찾을 수 있을 터
어쩌면 낭군님이 쉽게 찾을 수 있게
머리카락 보이게 숨으신 것 같습니다

그럴 바엔 숨으시지 마시고 조금만 더 기다리지 않으시고요.

치매

아버지는 평생토록 어머니께 큰소리치며 살았다. 초췌한 팔순의 노인으로 변할 줄 가히 짐작이나 하였을까? 어느 날 어머니가 집안 결혼식이 있어 마산으로 내려갔다.

"네 엄마는 언제 오냐?"

시외버스를 태워드리고 집에 들어서는 나에게 뱉는 첫마디이다. 홀로 남은 아버지는 안절부절못하며 한 시간도 채 지나지 않아 묻고 또 묻는다.

혼자 남은 것이 불안한지 아버지는 곡기를 끊었다. 밥맛이 없을 때는 고구마의 두유를 챙겨드리면 그렇게 잘 잡숫던 것조차도 목구멍으로 넘기지를 못한다. 침대에만 누워 계시고 도통 바깥으로 나오지를 않는다. 내가 할 수 있는 건 방문을 열었다 닫았다 할 뿐이다. 그러다 온 방 안에 악취가 풍겼다. 아버지를 일으켜 세워 바지를 벗겨보니 변이 범벅이 되었다.

어머니 아버지를 모시고부터 아내에게 다짐한 게 하나 있다. 어머니는 아내가, 아버지는 내가 몸을 씻겨 드리는 것이다. 직장이 집에서 짧은 거리라 업무 중이라도 잠시 다녀갈 여건이 되기 때문이다.

어머니가 사흘 만에 왔다. 마당에서 줄곧 어머니 오기만을 기다리는 아버지는 함박웃음을 지으며 대뜸 어머니께 손을 내민다.

"할멈, 악수 한 번 하자."

멋쩍은 듯 어머니도 손을 내민다. 곁에서 지켜보는 아내와 나는 웃고 있어도 웃는 게 아니다.

언젠가 아버지가 잔디와 방아를 풀이라고 뽑더니 어느 날은 꽃나무를 많이 뽑았다. 어머니는 자식 집에 얹혀사는 것도 미안한데, 며느리가 애지중지 키워놓은 꽃나무를 뽑는다고 언성을 높였다. 어머니의 야단에는 눈도 깜짝 않던 아버지는 며느리가 못하게 하면 "죄송합니다!" 하며 허리를 숙인다. 그럴 땐 어머니와 아내는 한바탕 웃고 만다. 지켜보는 내 마음은 씁쓰레하지만 끼어들기보다는 모른 척하는 게 대수다.

언젠가는 퇴근하여 거실로 들어서니 식탁 위 꽃병에 연분홍빛 철쭉이 피어 있었다.

"웬, 철쭉?"

아내와 어머니는 박장대소하였다. 공원에서 철쭉꽃 몇 송이를 꺾어 거실에 들어서자마자 꽃병에 꽂았다고 했다. 철쭉꽃을 꺾으려는 아버지와 못하게 막는 어머니와 옥신각신하다가 아버지는 화를 내면서 기어코 몇 송이를 꺾어서 가져왔단다.

그 이야길 듣고 아버지께 정말 그랬냐고 물어보니 말없이 멋쩍은 웃음만 지었다. 참 오랜만에 아버지의 웃음을 보았다. 마당에 애써 심은 잔디를 풀이라고 뜯는 아버지가 공원의 철쭉꽃을 꺾어 식탁 위 꽃병에 꽂은 속내가 참 궁금하다.

쑥을 캐는 어머니 곁만 맴돌던 아버지 모습이 참말로 가슴이 아프다. 잠이 드신 당신의 모습을 보면서 눈물만 흘리는 어머니는 당신에 대한 원망도 미움도 다 지우는 것 같아 내 마음은 한없이 짠하기만 하다.

어머니가 입원하고부터는 치매가 더 심해진 것 같다. 문제는 새벽부터 일어나 버스를 타고 병원에 가신다고 나서니 보통 일이 아니다. 다행히 내가 집에 있으면 말릴 수가 있지만 출근을 하고 나면 아내 혼자서 감당하기는 여간 일이 아니다. 어쩔 수 없이 어머니가 입원한 병원으로 모시고 갔더니 막무가내로 어머니 손을 끌고 집으로 가자고 한다.

한겨울 어느 날, 아버지는 마을버스 첫차를 탔다. 운전기사의 연락을 받고 버스를 따라가 종점에서 내린 아버지 꽁무니를 따라 몇 시간을 걸었다. 어쩔 수 없이 아버지를 병원에 입원시키기로 마음먹고 마산으로 향했다. 승용차 안에서 어머니가 퇴원할 때까지 만이라도 입원하기를 간곡하게 부탁을 드렸다. 마산에 도착하여 누나와 함께 병원으로 가서 검사 후 입원을 시켰다.

입원한 지 며칠 후 병원에서 전화가 왔다. 옷에다 똥을 자주 싸서 기저귀를 채우려는 간병인과 싸우고 무작정 병원을 빠져나갔다고 한다. 택시 기사가 아무래도 정신이 온전치 못하다는 생각이 들어 다시 병원으로 데려다주었단다. 병원 측에서 당장 모시고 가라고 하였지만 며칠만 말미를 달라고 통사정을 하였다.

어머니가 퇴원할 때까지 만이라도 다른 병원으로 모실 수밖에 없었다. 낮에는 아내가, 밤에는 내가 어머니 곁을 지켜야 하기 때문이다. 아버지를 새로 옮긴 곳은 병동 밖으로는 함부로 나올 수는 없는 병원이다. 아버지께는 죄스러워도 어머니를 위해서는 불가피했다고 변명을 하는 나는 도대체 어떤 아들인가. 어머니가 퇴원하면 다시 모시고 오겠다고 다짐하며 돌아오는 발걸음이 무겁게만 느껴졌다.

차라리 그때 회사를 그만두고 아버지를 모셨더라면 지금 이렇게 고통스럽지는 않을 것이다. 오늘도 나는 잔디밭에 주저앉아 가위질을 하면서 회한의 눈물을 쏟는다.

현대판 고려장

아들은 늙은 어머니를 버리려고 지게에 싣고 깊은 산중으로 갔다. 지게에 타고 있는 어머니는 혹여나 아들이 집으로 돌아가는 길을 잃어버릴까 봐 길목마다 나뭇가지를 꺾었다. 그것을 안 아들은 차마 어머니를 버리지 못하고 다시 집으로 되돌아왔다.

늙은 아버지를 지게에 실어 깊은 산중에다 버리고 돌아오던 중 함께 갔던 아들이 지게를 챙겨가겠다고 말하자 아버지는 왜 필요하냐고 묻는다. 아버지가 나이 들면 필요할 것 아니냐고 한다. 그 말에 아버지는 깨닫고 늙은 아버지를 다시 모셔왔다.

'고려장' 이야기로 늙은 부모를 산 재로 내다 버린다는 고려시대의 풍습이다. 그러나 최근 역사학자들 사이에서 고려시대에는 고려장이 없었다는 주장이 제기된다. 『고려사』와 『고려사절요』 등 어떤 문헌에서도 고려장에 대한 기록을 찾아볼 수 없기 때문이다. 불교의 영향이 강했던 고려시대는 시신을 태운 후 그 유골을 사찰에 보관하는 화장이 대부분이고, 신분이 높은 왕족은 생활 도구와 보물을 함께 묻는 순장이 고려시대의 장례문화였다고 한다.

19세기 말 미국의 동양학자 '윌리엄 그리피스'가 한국 역사를 영문으로 쓴 책인 『은둔의 나라 한국』에 고려장이라는 단어가 처음 등장하였다. 하지만 그리피스는 우리나라에 한 번도 오지 않은 인물이다. 일본에서만 집필을 했다 하니 고려장이라는 말이 왜 나오게 되었는지 짐작게 한다. 일본이 '동방예의지국' 조선의 역사를 왜곡하기 위함이었을 것이다. 어쨌거나 그리피스가 꾸며낸 이야기라고 하더라도 21세기는 고려장이 분명 존재한다. 늙은 부모를 산채로 버리는 요양병원이 바로 현대판 고려장이 아닐까?

현대판 고려장은 등급이 있다. 고려장 여인숙, 고려장 여관, 고려장 모텔, 고려장 호텔 등이다. 그곳에는 자식들을 대신하여 늙은 부모를 보살펴 주는 고마운 간병인이 있다. 특히 대소변을 가리지 못하여 자식들에게 버림받은 사람들에게는 효자손이나 다름없기에 우리 사회에서 없어서는 안 될 존재이다.

그러나 고려장의 등급과 버린 자들의 형편에 따라 간병인의 행태가 중구난방이기도 하다. 간병비 부담에 대부분의 가정이 풍비박산 나면서까지 그렇게밖에 할 수 없는 것이 사회적 현실 탓인가? 간병 서비스 지원 및 간병인 운영에 관한 법률 따위는 하나도 제정돼 있지 않는 허술한 국가적 보호망 탓인가? 결국은 버린 자들이 감당하여야 할 몫이 아닐까.

나는 어머니를 고려장 모텔이나 고려장 호텔은 투숙비와 간병비를 감당하기 어려워 고려장 여관에다 투숙을 시켰다. 그곳은 양쪽으로 침대가 다섯 개씩 다닥다닥 붙어있고 간병인 한 사람이 버려진 열 명을 거두는 곳이다. 주검처럼 누워있는 노인네에게 숟갈로 죽을 떠먹여 주다가도 한쪽에서 악취가 나면 기저귀를 갈아주는 곳에서 어머니는 지내셨다. 꽉꽉 구역질을 자주 한다고 투숙객들과 간병인의 따가운 눈초리를 받으면서 어찌 지냈을꼬.

木頭雕作小唐鷄 筋子拈來壁上棲(목두조작소당계 근자념래벽상서)

此鳥膠膠報時節 慈顔始似日平西(차조교교보시절 자안시사일평서)

나무로 새긴 당닭 한 마리 벽 위에다 붙여 놓았네

그 닭이 꼬끼오 울 때까지 어머님 길이길이 사시옵소서

고려사 「악지」에 따르면, 오관산 아래에 살던 문충(文忠)은 효성이 지극하여 어머니가 늙은 것을 한탄하여 '오관산(五冠山)'이라는 노래를 지어 오래 사시기를 기원하였다고 한다.

찌는 듯 더위는 아니라도 갈증이 계속되는 날, 어머니는 숨 가쁜 목구멍에서 피가래를 뭉텅이 쏟으며 황망히 떠나셨다. 그렇게 어머니가 떠난 줄 모르는 아버지는 고려장 여인숙의 장기 투숙자이다. 기저귀를 착용하지 않으려고 발버둥 치다 고려장 여관에서 쫓겨난 아버지는 그곳에서 세월 앞에 무릎을 꿇으셨다.

고려 말 학자이신 우리 집안 단양 우씨 팔세(八世)이신 우탁(禹倬) 할아버님의 시조 한 수가 읊조려진다.

한 손에 가시 들고 또 한 손에 막대 들고

늙는 길 가시로 막고 오는 백발 막대로 치렸더니

백발이 제 먼저 알고 지름길로 오더라

지게를 챙겨오는 아들 때문에 늙은 아버지를 다시 집으로 모시고 오는 고려시대와 달리 21세기는 지게를 챙겨오는 아들이 없다. 훗날 내 아들은 나를 무엇에 태워 어떤 등급의 고려장으로 데려갈지, 무궁화 한 개라도 그려진 고려장 호텔에다 버려져야 할 터인데…….

다슬기

작년 가을, 참 오랜만에 다슬기를 잡으러 강으로 갔다. 밤안개가 자우룩하게 낀 강은 마치 별천지 같았다. 항암 치료를 끝내고 방사선 치료를 시작하기 전 딱 한 달간의 여유가 생겨 다슬기 국을 좋아하는 아내를 생각해서였다. 깜깜한 밤을 헤치고 강바닥을 더듬었지만 예전 같지 않았다.

10여 년 전 한때 우리는 다슬기를 잡기 위해 밀양의 하천을 골골 샅샅이 헤집고 다녔다. 심지어 가까운 경북 청도까지 원정을 다닐 수밖에 없었던 아픈 사연이 있다.

내 근무처와 집이 강가에서 몇 발자국 안 되는 곳이었기에 사연스레 강가는 아내의 놀이터였다. 강가를 배회하다가 퇴근하는 나와 함께 집에 들어오곤 하였다. 어느 날 재미로 잡은 다슬기 한 움큼의 맛에 매료되어 거의 일상이 되다시피 했다.

『동의보감』과 『본초강목』에서 다슬기는 간염, 지방간, 간 경화 등의 간 질환 치료와 숙취 해소에 좋다고 했다. 다슬기에 풍부하게 들어 있는 아미노산과 타우린 성분이 간의 기능을 회복시키고 간을 튼튼하게 만들어 간 질환을 개선하는 데 도움이 된다고 했다.

그 당시 우리 마을 하천에는 다슬기를 잡는 꾼들이 참 많이도 몰렸다. 물도 맑은 데다가 껍질이 매끈하여 주름진 다슬기보다 맛이 좋아 판매 가격이 높기 때문이다. 다리 위에서 내려다보면 하천 군데군데 비추는 랜턴 불빛이 반딧불이가 춤을 추며 물 위를 노니는 모양새였다. 그런 광경을 눈으로만 곱게 즐길 아내가 아니었다. 바닷가 가까운 곳에서 자란 아내는 갯바위에 붙은 해초, 고둥, 굴 따위를 따거나 모래밭에서 조개를 캐는 데 일가견이 있는 사람이기 때문이다.

다슬기는 한낮에는 바위 밑이나 돌멩이에 붙어 꼼짝도 않다가 달빛 따라 움직이는 야행성 습성을 띤 연체동물이다. 그것을 알게 된 아내는 어슬녘이 되면 현장 답사를 하고 나름의 전략을 짠다. 저녁밥을 챙겨 먹고 적당히 소화를 시킨 후에 꾼들이 손 타지 않은 곳만을 골라 자리를 잡는다. 허리를 구부린 채 랜턴으로 불빛을 비춰가며 바닥을 헤집다 보면 허리도 쑤시지만 한참 동안 물살을 쳐다보면 멀미도 난다. 특히나 물길을 거슬러 하류에서 상류를 향해 나아가지 않고 거꾸로 물길 따라 내려오면 눈알이 팽팽 돈다.

아내가 물질을 하는 동안 나는 둑길에서 아내의 랜턴 불빛에 따라 움직인다. 아내가 물가에 키 큰 수초 속으로 사라지거나 미처 불빛을 놓치면 나는 캄캄한 허공에 대고 불빛을 쏜다. 밤하늘에 춤추듯 비치는 불빛을 본 아내는 '나 여기 있다'며 불빛으로 크게 동그라미를 그린다.

아무튼 첫해는 초여름부터 초가을까지 매일 그렇게 보냈다. 2시간 동안 2킬로그램 남짓을 잡으면 뜨거운 물을 부어 하나하나 바늘로 알맹이를 까는 것도 예삿일이 아니었다. 문제는 입소문이 나는 바람에 판매를 부탁하는 주문자가 생기기 시작했다. 처음에는 재미로 하다가 조금 여유가 있으면 일가친척에게 선물로 보내고 하던 것이 장사치가 되는 지경에 이르렀다.

사실 그때만 하더라도 형편이 그다지 어렵지는 않았다. 그러다 이듬해부터 내 한 사람의 월급으로 일곱 식구가 살아야만 했다. 딸은 대학 졸업 후 중등임용고사 공부 중이었고 아들은 서울에서 대학원 재학 중이었다. 생때같은 막내아들을 하늘나라에 보낸 아버지는 술로써 하루하루를 보냈고, 어머니는 아버지 뒤치다꺼리로 힘들어하였다. 손아래 동생은 간 경화 말기로 투병 중이었기에 치료비와 생활비를 전적으로 내가 책임져야만 했다.

랜턴 불빛으로 새까만 밤하늘만 비추고 있을 처지가 아니었다. 아내가 받은 주문량에 따라 물이 얕거나 깊거나 할 것 없이 뛰어들었다. 그동안 아내의 손이 닿지 않은 깊은 곳에서 유유히 노니는 씨알 굵은 다슬기들이 화들짝 놀랐을 것이다. 명색이 국내용이 아닌 오대양 육대주용 스킨 스쿠버 라이선스를 보유한 나이지 않은가.

아내가 좋아서 시작한 일이긴 하나 참 고생이 많았다. 사람 욕심은 끝이 없다더니 주문이 들어오면 밤을 새우더라도 죽기 살기로 하천을 헤집고 다녔다. 위험한 일도 한두 번 있었다. 달빛마저 자취를 감춘 깜깜한 밤, 자칫하면 물살에 떠내려갈 뻔도 했다. 그런 상황에서도 잡은 다슬기 주머니를 놓지 않으려 발버둥 친 우매한 짓거리도 했다.

밤중에 나가 한밤중에 때로는 동이 트기 직전에 들어오는 우리 내외가 안쓰러워 어머니 아버지께선 편히 주무시지도 못했을 것이다. 늘 아내에게 잘하라는 어머니 아버지의 말씀을 까마득히 잊고 살다가 막상 아내가 아프니 정신이 번쩍 들었다. 진즉에 깨우쳤더라면 얼마나 좋았을까. 그때는 돈벌이로 다슬기를 잡았지만 작년 가을은 아내에 대한 빚 갚음이자 사랑으로 강바닥을 헤집었다.

올여름 유난히 지루한 장맛비가 조바심을 치게 한다. 어서 장맛비가 그치고 냇가에 물이 맑아지기만을 기다린다. 별빛 찬란한 하늘을 우러러보며 그 옛날 아내와의 추억을 한 바구니 담아오고 싶다.

책상물림

요즘은 아침 일찍 일어나 밥을 짓고 반찬을 만들지 않아서 좋다. 나는 그냥 설거지만 하면 된다. 내가 설거지하는 동안 아내는 빨랫감을 세탁기에 넣고 돌린다. 세탁이 끝나면 나는 그냥 빨랫줄에 늘기만 하면 된다. 지난 한 해 동안 꿈도 꿀 수 없었던 여유이다.

아침을 먹고 나면 아내는 소일거리로 화초를 가꾸거나 텃밭에서 시간을 보낸다. 이때 나는 책상에 앉아 글도 쓰고 공부하는 나름 가장 행복한 시간이다. 목덜미가 뻐근하면 잠시 밖으로 나가 아내가 하는 일에 참견도 하고 동조도 하고 들어온다. 아내가 마실을 가고 없을 때는 정원과 텃밭을 둘러보며 아내의 손길이 어디어디에 미쳤는지 살펴보고 들어온다.

점심을 먹고 아내가 동네 한 바퀴 도는 동안 나는 여전히 책상물림이다. 아내의 낮잠 시간에 나도 잠시 눈을 붙인다. 우리에겐 달콤한 시간이다. 아내는 기껏 반때* 만에 일어나지만 나는 한두 시간을 족히 자는 편이다. 새벽녘까지 책상물림이 이어지기 때문에 나에게는 낮잠이 최고의 보약이다.

낮잠으로 기운을 충전하였으니 산행에 나설 차례이다. 하루 중 아내가 제일 즐거워하는 시간이다. 평평한 길을 걸을 때는 상체가 앞으

---

*   **반때(半때):** 반 시간도 될까 말까 하는 짧은 동안.

로 약간 기울고 다리를 절면서 걷지만 산길은 속도는 느려도 그나마 바로 걷는 편이다.

아내는 저녁을 먹고 나면 큰언니이자 어머니 같은 이웃집 할머니와 운동 삼아 동네를 몇 바퀴 돌다가 연속극 하는 시간대에 맞춰 들어온다. 연속극이 끝나자마자 이내 잠이 든다. 아내와 마주 보는 방에서 나는 여전히 책상물림이다.

방광이 약해 자주 소변을 봐야 하는 아내는 수시로 잠에서 깨어 화장실을 간다. 나는 책상물림을 하면서도 수호신 역할을 위해 방문만은 늘 열어놓고 지낸다. 문득 예전에 더운 여름날 어머니가 거실에서 주무실 때가 생각이 났다. 책상물림을 하면서도 어머니의 가쁜 숨소리에 귀를 기울여야 했다.

아내의 건강이 회복되는 날 나는 과감히 책상물림에서 탈피하여야 한다. 책상물림이란 책상 앞에 앉아 글공부만 하여 세상일을 잘 모르는 사람을 낮잡아 이르는 말이다. 그날을 위해 나름 준비를 하고 있다만 잘할 수 있을까 걱정도 앞선다.

아내가 아프고부터 고약한 내 성질머리를 다잡기 위해 '분노조절상담'과 '노인심리상담' 공부를 했다. 아내뿐만 아니라 자식들과의 소통을 위해서도 '가족상담', '심리상담' 공부도 했다. 아내의 권유로 시작한 '타로심리상담'에 한발 더 나아가 '사주적성상담'과 '풍수인테리어' 공부도 했다. 올 1학기부터는 부산대학교 평생교육원에서 '생활명리' 수강도 했다.

내가 명리(命理)를 공부할 줄은 상상도 못했다. 평생 명리를 연구하신 아버지가 언젠가 나에게 노트 한 권을 주셨다. 달력을 A4 크기로 오려서 손수 만든 노트였다. 당신 나름으로 연구하신 명리에 관한 내용을 기록한 책이나 다름없는 유품이지만 나는 거들떠보지도 않았다.

아버지는 지나칠 정도로 사주팔자를 맹신하였다. 집 안에 못 하나 치는 것도 가구 하나 옮기는 것도 길일을 잡아 행했으니 나는 그것이 늘 불만이었다. 무엇보다 싫었던 것은 역마살이 낀 당신의 사주팔자를 합리화하며 어머니와 나쁜 궁합 타령으로 집 밖으로만 나돌았다. 도대체 타고난 사주팔자가 뭐기에 그토록 맹신하였는지가 궁금하기도 했다.

명리를 파고들수록 아버지가 왜 그랬는지 어렴풋이 헤아려지긴 하나 실로 안타까움만은 떨쳐 버릴 수가 없다. 당신의 인생을 사주팔자라는 틀에 꼭 맞춰 살아야만 했을까.

하늘의 기운을 천간(天干), 땅의 기운을 지지(地支)라고 하여 연월일시를 사주팔자라고 한다. 사람이 태어날 때 하늘의 기운(天氣)과 땅의 기운(地氣)을 받아 사주팔자가 정해져 있다고 하더라도 사람의 기운(人氣)으로 얼마든지 바꿀 수 있다는 깃이 나의 지론이다. 사람의 기운이란 가정환경, 학력이나 경력, 의지력 등으로 자신의 삶을 창조적으로 개척해 나가는 것을 말함이다.

책상물림이 끝나면 '사주팔자와 타로'라는 명함을 걸어 상담사의 길을 걸을 것이다. 단순 내담자의 앞일을 예언하는 것이 아닌 아픔을 함께하고 소통하며 희망과 용기를 심어 주는 상담사가 될 것이다.

비단옷 입고 밤길 걷기

비단옷을 입고 밤에 다닌다는 뜻으로, 모처럼 성공하였으나 남에게 알려지지 않음을 이르는 말인 의금야행(衣錦夜行). 중국 진나라 도읍이었던 함양에 입성한 '항우'는 한시라도 빨리 고향으로 돌아가 입신출세한 자신을 자랑하고 싶었다. 항우는 부귀해졌는데도 고향에 돌아가지 않는 것은 의금야행이라고 했다.

우리 속담 '비단옷 입고 밤길 가기(걷기)'는 생색이 나지 않는 공연한 일에 애쓰고도 보람이 없는 경우를 비유적으로 이르는 말이다.

2018년 10월 13일, 합성1동 주민자치센터에서는 뜻깊은 생신 잔치가 열렸다. 결혼 후 힘든 삶을 살아온 어머니를 위해 5남매가 준비한 미수 기념 자서전 헌정식이었다.

주인공 정소순 할머니는 16살에 시집와 시어른 4명을 모시고, 시동생 3명을 건사하는 고단한 삶 속에서도 자식들을 뒷바라지하여 훌륭하게 키웠다.

맏딸은 교직에서 정년퇴임 하였다. 둘째 딸은 시인으로 활동 중이다. 큰아들은 전 시의원이었고 현 여행사 대표이다. 셋째 딸과 막내아들은 교수이다. 5남매 모두 사회에 보탬이 되는 빛으로 살아가고 있다.

어머니의 미수를 맞아 삶의 무게를 생생하게 엮어 보리개떡 한을 풀어준 자서전이다. 아무도 알아주거나 격려해주지 않은 어머니의 삶을 대표하는 표현을 함축했다는 것, 한 많은 어머니의 마음 크게 위로받았으면 하는 마음으로 엮은 책이다.

자서전 출판은 주인공의 오랜 꿈이었다. 5남매는 어머니의 꿈을 위해 의기투합하여 여러 차례 형제자매들이 만나 형식과 내용에 대해 이야기를 나누었다. 글자를 쓸 줄 모르는 어머니의 말을 딸이 녹음하고 손주들이 받아 적어 반년을 준비해 175쪽 분량의 책을 묶었다.

'1부'는 어머니가 태어나서 배고픔으로 남의 집에서 일하는 8세 인생부터 결혼해서 사는 고단하고 서럽고 힘들었던 삶, 먼저 병으로 보낸 셋째 딸의 이야기, 남편에게 배려받지 못했던 시집 생활, 자식들의 성장 이야기 등이다.

'2부'는 자식들과 사위, 며느리와 손주들이 주인공을 회상하며 따뜻한 사랑의 경험을 전하는 사랑을 노래했다.

주인공은 팔순 잔치 때 가족과 친지가 모인 자리에서 고생했다는 남편의 진심 어린 말 한마디를 듣고 싶었다. 자기 고생한 이야기만 늘어놓고 마는 남편의 모습에 속울음을 흘렸다고 했다. 가난한 집안에 시집와 배고픔을 참으면서 자식들 키우고 남편 뒷바라지해왔다. 그러나 시어머니, 시동생, 누구도 주인공의 마음과 수고를 알아주는 사람이 없어 한평생이 억울하고 원통하다고 했다.

사방에서 들리는 초나라의 노래라는 뜻으로, 적에게 둘러싸인 상태나 누구의 도움도 받을 수 없는 고립 상태에 빠짐을 이르는 말인 사면초가(四面楚歌). 초나라의 항우가 한나라의 군사들에게 포위당한 어느 날 밤 31세인 나이에 자결했다. 그랬다. 주인공의 삶은 온통 사면초가였다. 주인공은 이러지도 저러지도 못하는 딜레마의 삶 속에서도 내리사랑으로 버텼다. 내리사랑은 있어도 치사랑은 없다고들 한다지만 주인공의 자식들은 남달랐다.

‘내 마음의 한이 풀렸다’는 첫머리 글 내용만으로도 어머니의 한 살이가 어떠하였는가를 충분히 짐작게 한다. 어머니는 자식들이 자 서전을 써 주면서 상처를 어루만져줬으니 70여 년의 한이 다 풀린다 고 했다. 비록 배우지 못해 자식들에게 의지해 일기를 남기지만 다음 생에는 꼭 시인으로 태어나고 싶다고 했다. 당신처럼 상처받은 사람 들을 위해 시로서 어루만져 주고 싶은 따뜻함을 가진 주인공이다.

주인공은 박경리(26년생) 선생과는 다섯 살 터울, 박완서(31년생) 선생과는 동갑내기이다. 그러니 다음 생에는 이분들과 동시대 문우 로 활동하기를 바란다. 부디 백수를 누리시고 하씨 집안에 경사스러 운 일이 곰비임비 일어나기를 두 손 가지런히 모아 쥔다. 내 큰 이모 님과 주인공은 동서 간이다. 하씨 집안과 내 외가와는 사돈 간이니 주 인공의 자녀들과 나는 사형 간이 되는 셈이다. 그러니 간절함이 더 보 태어진다.

내가 이 책을 접하게 된 연유는 주인공의 큰며느리가 나오는 초 등학교 동창이다. 동창 모임에서 출간 이야기를 듣는 순간 내 어머니 와 아내 얼굴이 겹쳐지며 내 가슴은 방망이질을 쳤다. 이듬해 아내가 항암 치료를 받을 때는 이 책에 대해 잠시 잊고 있었다. 방사선 치료 까지 끝내고 한시름 놓았다는 안도감이 생기고부터 글을 쓰기 시작 했다.

『비단옷 입고 밤길 걷기』

이 책을 출간하기까지 형제자매끼리 얼마나 고민하고 애썼는지 고비샅샅 배어 있다. 특히 주인공의 사투리 말투와 결혼 첫날밤의 핏 빛 아련함은 솔직함의 용기가 필요했을 것이다. 내가 글을 쓰면서 속 내까지 다 털어놓기가 고민될 때마다 이 책을 꺼내어 읽어 봤다.

태풍

    장맛비가 그치고 무더위가 시작될 때부터 아내의 가슴과 등에 열꽃이 돋아났다. 다행히 체온이 정상인지라 여름철에 곧잘 들이 돋는 땀띠 정도로 예사로 여겼다. 보습 연고를 피부에 바르자 사그라지는가 하더니 겨드랑이와 발과 손으로 퍼진 열꽃이 가려움증을 가져왔다. 오돌토돌 붉은 반점이 슬슬 불안감으로 엄습하여 아내를 옥죄였다.

    제9호 태풍 '마이삭'이 강풍을 동반한 빗소리에 잠을 설쳤다. 으레 아내도 깨었을 거라 생각했지만 너무 조용했다. 곤히 잠든 아내의 단잠을 깨울까 봐 까치걸음으로 다가가 방문에다 귀를 갖다 댔다. 기척이 없었다. 우산을 쓰고 창가에 서서 방 안을 내다봤다. 밤새 뒤척이다 새벽녘에 그루잠이 들었던 모양이다.

    어젯밤은 긴긴밤이었다. 태풍의 여파와 전공의 파업으로 진료에 차질이 있을까 봐 밤새 전전긍긍했다. 아침을 먹고 병원으로 전화를 하니 기우였다는 것을 알았다. 담당 의사가 오후에 진료가 있는 날이라 점심을 먹고 출발하면 되니 아침부터 부지런을 떨었다.

    태풍에 상처받은 것들을 두루 살펴야 했다. 무엇보다 뿌리째 뽑혀 자빠진 해바라기부터 일으켜 세워야 했다. 나무 한 그루마다 심을 때는 나름 다 이유가 있지만 올봄에 스무 포기나 심은 해바라기가 나에겐 특별했다.

해바라기는 태양처럼 뜨거운 감정을 대변하는 영혼의 꽃으로 타로에서는 활력과 새 생명의 탄생을 의미한다. 또한 풍수 인테리어에서도 비슷한 의미가 있다. 기운이 쇠하거나 우울증이 있는 사람은 집 안에 해바라기 그림의 액자를 걸어두는 것도 치유하는 데 효과가 있다고 했다.

아내는 타고난 사주팔자의 기질이 금(金)의 속성이 너무 강한 사람이다. 한마디로 나 같은 좀생이를 만나지 않았다면 통 크게 세상을 살아가는 여장부가 되었을 것이다. 그 기운을 내가 다 빼앗았으니 실로 안타깝기 그지없다. 이제는 건강이라도 찾아야 했기에 강한 금의 속성을 숲아야 했다. 해바라기는 화(火)의 속성이니 불은 쇠를 적당히 녹여 아내의 강한 기질을 중화시킬 필요가 있다는 뜻이다.

어쨌거나 타로든 사주팔자든 믿거나 말거나 그것은 중요치 않다. 아내의 건강을 바라는 염원을 담은 것이기 때문이다. 아내 키보다 훨씬 크게 자란 해바라기를 지지대로 받치고 서로서로 버팀목이 되도록 노끈으로 묶었다. 다 자빠진 해바라기가 다시 하늘을 향해 짓는 함박웃음이 아내도 흡족했을 것이다.

병원에 도착하여 피검사와 복부 사진을 찍고 진료 대기실에서 기다렸다. 검사 결과가 나오려면 한 시간 남짓 걸리기 때문이다. 결과가 나왔다고 진료실로 들어가라는 간호사의 말에 문을 빼꼼히 열고 들어서는 우리를 담당 의사는 의아해하였다. 검사 결과가 나쁘지 않아 알레르기 증상이라 했다. 식생활의 어떤 변화가 있었는지 묻고 답하고, 당분간 내 바람대로 공주처럼 지낼 것을 의사는 당부했다.

주사도 맞고 일주일 분의 처방 약을 챙겨 집으로 돌아오는 내내 아내는 차 안에서 곯아떨어졌다. 태풍으로 밤새 잠을 설친 데다, 혹여

나 암 재발의 불안감이 안도감으로 바뀌면서 마음이 한층 편해진 것 같다.

항암과 방사선 치료 후에 후유증으로 흔히 나타나는 치아가 아파 동네 치과에서 두 달간 치료를 받았다. 치아가 나을만하니 이제는 눈에 염증이 생겨 동네 안과에서 또 두 달간 치료를 받았다. 알레르기 증상이 나으면 또 무엇이 아내를 힘들게 할지 모른다. 그럴 때마다 태풍에 뿌리째 뽑힌 해바라기처럼 다시 일으켜 세워야 한다.

'마이삭'이 빠져나가자마자 제10호 태풍 '하이선'이 한반도에 상륙한 뒤 동해상으로 빠져나갔다. '바비'와 '마이삭'까지, 열흘 남짓한 기간에 태풍 3개가 연달아 한반도에 영향을 미쳤다. 그중 바비는 상륙하지 않고 서해상으로 올라왔지만 마이삭과 하이선은 내륙으로 진입하여 강한 비바람이 몰아쳤다.

마이삭이 자빠뜨린 해바라기를 일으켜 세웠더니 하이선이 또 자빠뜨렸다. 거실에서 뻔히 보이는 해바라기를 아내가 보기 전에 또 일으켜 세워야 했다. 앞으로 가을 태풍이 추가로 발생할 가능성이 높다고 한다. 벌써부터 11호 '노을', 12호 '돌핀' 등 후속 태풍의 이름이 거론되고 있다. 노을과 돌핀은 아직 발생되지 않은 태풍이다. 지난해에는 '링링', '타파', '미탁'의 가을 태풍이 잇달아 한반도에 영향을 미쳤다. 위력도 강해 큰 피해가 발생했다.

"그래, 올 테면 와라! 얼마든지 상대해 주마!" 세상살이가 평온한 날만 있는 것도 아니고 사람의 한뉘가 기쁨만으로 가득 찰 수는 없지 않은가. 어떠한 태풍이 몰아쳐도 우리는 꿋꿋이 버텨 더 강해질 것이다.

3부

아내의 보물

타로 이야기

두 해에 걸쳐 어머니 아버지가 돌아가신 뒤로는 아내의 일상이 단순해졌다. 남편이 출근하면 텃밭을 가꾸거나 노인네들뿐인 마을 회관에서 시간을 때우기가 일쑤였다. 어느 날부터 아내는 스스로의 활력을 되찾기 위해 자기 계발을 하기로 결심하였다. 우리나라 전통 춤사위와 풍물놀이였고, 여성회관·복지관·국악원을 드나든 지 수년이 되었다.

파킨슨병을 앓고부터는 춤동작이 둔하고 힘들어졌지만 수년간 함께 한 사람들의 도타움으로 놀기 삼아 운동 삼아 출석은 모범이었다. 가고 오그 발이 되어 준 남편의 먹노 컸을 것이다.

어느 날 여성회관 수업을 마치고 집으로 가는 길에 승용차 안에서 타로 이야기를 했다. 타로 강좌가 있다는 것이다.

"당신이 타로를 배우면 참 잘할 거야, 꼭 배워 봐!"

처음에는 극구 거절하였다. 수년간 사람들과의 관계를 끊고 지내온 터라 새삼 낯선 사람들을 만나는 것도 마땅찮았다. 또한 여성들만의 전유물인 여성회관이라 것도 부담스러웠다.

운명이었던가!

경상남도 여성능력개발센터 홈페이지에서 다시 한번 확인을 했다. 수많은 강좌 중 유일하게 타로만 수강 대상자가 밀양 거주 여성만이 아닌 '경남도민 거주 남녀'였다. 며칠을 고민하다 신청을 하였다.

밤잠을 설치는 아내와 이런저런 이야기로 밤을 보낼 때 가끔은 이야깃거리가 바닥나곤 한다. 이웃 이야기도 하고 자식들과 노년을 위한 향후 계획도 세우곤 하나 그 정도 이야깃거리로는 밤을 다 채우지 못한다. 상상력의 빈곤으로 가끔씩 뻘쭘할 때도 있었기에 왠지 타로는 이야깃거리가 무궁무진할 거라는 기대가 컸기 때문이다.

"맙소사!"

강의실 문을 열고 들어서니 우리 집 꽃밭이나 다름없었다. 남자는 강사님과 나, 단 둘뿐이었다. 돌아서려는 순간 아내 얼굴이 떠올랐다. 수년 만에 세상 밖으로 나온 첫날치곤 너무나 화려한 컴백이었다.

"남자 반 여자 반, 사십 대 댓 명, 다들 오륙십 대로 일흔이 넘은 분도 있더라."

첫 수업을 마치고 집에 들어서자마자 대뜸 도둑이 제 발 저린 것도 아닌데 묻지도 않은 수강생 현황을 아내에게 보고했다.

매주 수요일 오후 2시부터 5시까지 3시간 동안 집중하여 진지하게 수업을 받았다. 타로로 자신에 대한 성찰, 가족 친화적 취미로 삶의 질을 향상한다는 교육 목적대로 이것이 곧 아내에게 치료제가 될 줄 누가 알았겠는가.

7주간의 타로 수업이 끝날 즈음에 암 진단을 받은 아내는 육체적 고통보다 심리적 불안감이 엄습하여 공포감에 사로잡혔다. 그때마다 아내에게 타로 리딩(reading)을 하였다. 여러 가지 배열법 중 형편에 따라 적절하게 선택하여 카드를 뽑게 하였다.

거의 불치병, 죽음, 두려움, 공포감, 상실, 비탄, 슬픔, 아픔, 고통, 패배, 절망, 낙담, 속수무책, 우울증, 불면증, 극심한 스트레스, 예기치 않은 천재지변 따위의 어둡고 음울한 카드만 뽑았다. 그럴 때마다 내가 가진 인문학의 지식과 나름 산전수전 공중전을 다 겪으며 터득한 지혜와 조상님과 부모님과 형제의 기를 다 쏟았다.

다행히 결과 카드는 매번 좋았다. 치유와 회복, 재생과 부활, 신의 은총, 빛과 사랑, 새로운 시작, 신선한 출발, 태풍 뒤 평온함, 위안과 기쁨, 안정과 번영, 용기와 극복, 성취와 축하, 즐거운 파티, 깊은 만족, 장밋빛 미래, 건강미 넘치는 활력 따위가 고무적이었다.

요즘은 내가 타로 해석을 해나가면 아내는 최면술에 걸린 듯 꾸벅꾸벅 졸고 있다. 심리적 안정감을 찾은 듯했다. 설마 지루해서 그런 건 아닐 거라 믿는다.

아내가 입소문을 내어 죽음과 싸우고 있는 환자들에게 리딩할 때는 목덜미에 식은땀이 흘러내렸다. 보호자들에게는 따뜻한 커피 한 잔이, 간호사들에게는 아내에게 보내는 따뜻한 손길이 상담료의 전부였다.

나의 내담자였던 환자들과 보호자, 간호사 그리고 평생 나의 내담자인 아내에게 리딩한 것을 세세히 기록하여 놓았다. 지금 하는 글 작업이 끝나면 오롯이 타로 이야기에 관한 글을 쓰고 싶다면 너무 오만한 짓인가.

그동안 내가 타로를 잘못 이해하여 터부(taboo)해 온 건 사실이다. 아직은 딱히 단정 지어 설명할 수는 없다. 타로의 신비함이 투시력에 기초한 것이 아니라 우리가 지닌 직관과 창조적 기술에 근거하고 있다는 것에는 공감하는 편이다.

타로의 이미지와 상징이 주는 의미는 우리가 가진 무의식이나 통찰을 담고 있다고 이해한다. 인과성이나 필연성 없이 이루어지는 '우연의 일치'를 스위스의 정신분석학자 칼 구스타프 융은 '동시성'의 현상으로 주장했다.

융은 어느 날 자신이 치료하고 있던 환자와 고대 이집트 장수풍뎅이에 대해서 이야기를 나누고 있었다. 그때 창문을 통해서 장수풍뎅이 한 마리가 날아들었다고 한다. 이런 우연의 일치가 일어난 후에 환자에게 치료 효과가 보이기 시작했다. 융은 그 현상을 우연의 일치로 보지 않았던 것이다.

우리나라 속담에 '호랑이도 제 말하면 온다'는 속담이 있다. 내가 생각했던 것이 상대방에게 전달이 된다는 원리이다. 융은 우리가 살면서 마주치는 이해하기 어려운 현상들에 대하여 우연의 일치로 보지 않고 다른 미지의 연관으로 맺어진 '심리적 평행현상'으로 보았던 것이다. 이것을 동시성이라고 하였다. 즉 동시성은 우연의 일치와 같은 일들이 동시에 일어나거나 약간의 시차를 두고 일어나는 현상을 말하는 것이다.

언젠가 아내가 혼잣소리처럼 푸념을 했다.

"우리 집터가 나쁜가, 괜히 집을 지어 이사했나?"

아내의 푸념을 곱다시 듣다가 나는 융의 장수풍뎅이 이야기를 들려주었다. 당신의 병을 치료하기에 우리 집만 한 곳이 없지 않은가. 아파트에서 주택, 그것도 온갖 나무와 꽃과 새들의 천지인 이곳으로 안내하지 않았을까? 그냥 아파트에 살았더라면 지금 겪고 있는 코로나19의 공포는 더 심했을 것이다. 발상의 전환, 즉 생각을 바꾸면 그러한 푸념은 터무니없는 기우에 불과하다고 하였다.

"그런가?" 반신반의하면서도 내심은 밝아 보였다.

아내는 자신에게 일어날 일을 예시하여 나에게 타로 배우기를 적극적으로 권유하지 않았을까? 여전히 불가사의하며 미스터리한 일이다.

여성회관 수강생 댓 명과 지난 2월까지 타로 심화 과정까지 마치고, 코로나19로 사회적 거리 두기 직전까지 스터디를 하였다. 8개월 동안의 여정을 함께 한 강사님과 수강생들께 고마움을 잊지 않는다.

사랑하는 딸, 아들

영화 『남영동 1985』는 과거 민주통합당 김근태 전 상임고문의 자서전을 바탕으로 한 실화이다. 독재 정권의 야만적 고문과 그에 무너지는 한 인간을 정공법으로 묵직하게 그렸다. 『강철대오: 구국의 철가방』은 1985년의 대표적 사건인 미국 문화원 점거 사건을 배경으로 한 코미디 영화이다. 짝사랑하던 여대생을 쫓아 얼떨결에 이 역사적 현장에 동참하게 된 중국집 배달원의 아이러니한 상황을 그렸다.

이 두 영화가 그려진 1985년은 선두환 정권의 발악이 극에 달했던 시기였다. 2년 후인 1987년 6·29 선언이 나오기까지 대학생들과 노동자들의 길거리 데모로 매캐한 최루가스가 온 도시를 진동하던 시기였다.

그 당시 우리 부부는 울산시청과 태화교에서 그리 멀지 않은 곳에서 살았다. 단칸방이 딸린 점포에서 아내는 미용실을 하였다. 낮엔 울산시청, 밤엔 태화교 강변에서 대학생들과 노동자들이 데모를 하는 통에 길거리는 화염병과 최루가스가 난무했다.

1985년 8월 17일 토요일 저녁 무렵, 라디오에서 흘러나오는 감미로운 음악을 들으면서도 뇌신경은 온통 미용실에 집중되었다. 싹싹 가위질과 윙윙 헤어드라이어 소리가 어서 멈추기만을 기다렸다.

아내가 뱃속에서 태아의 발길질을 느끼는 순간부터 내가 부쩍 피곤하고 밥맛도 잃었다. 얼굴에 기미까지 생기니 참 희한한 일이었다.

어느 날 꿈을 꾸었다. 강에서 그물을 걷어 올리니 사자상과 함께 황금빛을 띤 큰 잉어 한 마리가 나를 향해 입을 뻥긋뻥긋하며 웃고 있었다. 입덧뿐만 아니라 태몽까지도 아내 대신 남편이 할 수도 있다는 걸 훗날에 가서야 알았다.

저녁 8시쯤, 남산만 한 배를 안고서도 미용실에서 일하던 아내가 찾아온 손님들을 모두 돌려보냈다. 아랫배에 통증을 느끼며 양수가 터질 조짐을 느꼈기 때문이다.

방바닥에 이불을 깔아 아내를 눕히고 병원에 갈 채비를 하며 탁상시계를 쳐다보니 밤 9시였다. 출산을 앞두고 너무 일찍 병원을 찾으면 산모가 고생한다고 들었다. 평소 주변 할머니들의 가르침을 믿었기에 통증이 왔다 갔다 하는 것을 탁상시계로 체크를 하였다.

최초 통증은 저녁 8시, 두 번째 통증은 9시, 세 번째 통증은 10시. 그렇게 시간마다 잠깐잠깐 진통을 호소하더니 30분, 10분 간격으로 점차 좁혀졌다. 병원이 집에서 그다지 멀지 않으니 5분 간격으로 진통을 느끼면 집을 나설 생각이었다. 지금 돌이켜 보면 젊은 부부가 상상을 초월할 정도로 대담하지 않은가. 그것도 초산인데 말이다.

접수를 마치고 입원실에 들어간 시간이 다음 날 새벽 3시였다. 그때부터 아내는 내 멱살뿐만 아니라 머리카락을 잡아당기며 차마 입에 담지 못할 욕설을 퍼부었다. 그러다 잠시 진통이 가라앉으면 멋쩍은 웃음을 보였다. 그렇게 웃지 못할 해프닝과 안타까움을 뒤로하고 수술실로 들어간 시간은 새벽 4시 30분이었다.

새벽 5시 18분, 복도에서 초조하게 기다리는 내 귓가에 들려오는 "으앙 으앙 으앙!" 새 생명이 탄생하는 울음소리가 들렸다. 이내 간호사가 수술실에서 나오며 예쁜 공주님이라고 말했다.

아내와 태아의 건강함을 확인하고 어머니 아버지께 기쁜 소식을 알리려 공중전화부스로 달려갔다. 떨리는 손으로 다이얼을 돌렸다. 한창 주무실 시간인데도 한두 번의 신호음에 전화를 받았다.

내가 먼저 말하기 전에 아버지는 대뜸 "딸 낳았제?" 하였다.

새벽녘에 암송아지 한 마리가 '할아버지!' 하면서 품에 안기는 기이한 꿈 때문에 깼다고 했다. 그해는 바로 기축년 소띠 해이다. 우리는 엄마 아빠가 되는 세상에서 가장 행복한 새벽을 맞이하였다.

서울올림픽이 열렸던 1988년은 세계 역사에 길이 남을 해이다. 공산권의 불참으로 반쪽 올림픽의 멍에를 안은 1984년 로스앤젤레스 올림픽, 반면 서울 올림픽은 159개 국가가 참여하여 세계평화를 상징한 지구촌의 축제였다. 우리나라는 세계 4위라는 역대 올림픽 중 최고의 성적으로 나라 안은 온통 축제 분위기로 휩싸였다.

아내가 산부인과에서 임신 2개월이라는 기쁜 소식을 알기 며칠 전, 딸아이 가졌을 때처럼 또 꿈을 꾸었다. 흑룡의 등에 올라탄 내가 흑룡의 등짝을 후려치니 하늘을 향해 나는 기이한 꿈이었다. 그날 이후로 스테인리스 밥그릇에 수북이 밥을 먹는 아내와 달리 나는 또 입맛을 잃었다.

둘째를 가진 아내는 몸도 무거운 데다가 첫애가 보통 별난 게 아니라 미용실을 그만두고 사택으로 이사를 하였다. 사택이 야트막한 산 중턱에 위치하여 교통은 불편해도 애들 키우기는 그저 그만이었다.

1988년 10월 12일 수요일, 울산 태화강 둔치에서 직장 체육행사를 하는 내내 몸이 나른하고 무거웠다. 축구와 족구라면 자다가도 벌떡 일어날 정도로 좋아했지만 이날은 아니었다. 아침까지 멀쩡했던 사람이 점심 무렵에 집에 들어서자마자 눕는 나를 보고 아내는 의아해하였다.

점심도 거르고 해가 뉘엿뉘엿 넘어갈 때까지 잤다. 갑자기 끙끙 앓는 신음에 눈을 뜨니 아내가 남산만 한 배를 부여잡고 통증을 호소하였다. 출혈이 심했다. 출산 예정일이 아직 한 달이나 남았는데, 혹시 유산? 택시 안에서 별의별 생각이 다 들었다.

종합병원 응급실에 도착하자마자 출혈이 심하다며 급히 수술실로 옮겼다. 의료진들이 부산하게 움직이는 모습을 멍하니 바라보며 하나님도 찾고 부처님도 찾았다. 접수를 마치고 수술실 복도에 들어서는 순간 "으앙!" 하고 우렁찬 아기의 울음소리가 들렸다. 밤 9시 13분, 설마?

간호사가 건강한 사내아이라며 축하 인사를 건넸다. 산모의 건강을 물어보니 아무 이상이 없다고 하였다. "감사합니다!" 쩌렁쩌렁하게 외치며 90도로 허리를 굽혔다. 산모가 회복하면 일반 병실로 옮긴다고 했다. 그때까지는 아내와 아들을 볼 수가 없다고 하여 잠시 병원 밖으로 나왔다. 시계를 보니 밤 10시, 찬 밤기운과 달리 별빛은 참 따뜻하고 은혜로웠다.

예정일보다 한 달이나 빨리 세상에 나온 녀석이다. 그해 서울올림픽이 세계평화를 상징하였듯이 세계평화에 이바지하는 훌륭한 사람이 되길 바랐다. 거창한 바람만큼이나 아름다운 밤이었다.

아내나 딸이나

　혈액종양내과 병실은 환자가 가득 차 항암 치료에 들어가기 전까지 일반 병실에 며칠 입원을 하였다. 워낙에 너울가지가 있는 아내인지라 그곳에서도 끼를 숨길 수 없었다.

　마흔을 갓 넘긴 김해댁은 가슴에 염증, 아내보다 댓 살 어린 부산댁과 서른이 채 안 된 배젊은 처녀는 딱히 병명이 떠오르지 않는다. 일흔 중반의 창원댁 시어머니는 간경변증으로 입원 치료 중이었다. 창원댁의 시어머니 빼고는 서로 언니 동생 하면서 참 곰살궂게 지냈다.

　아내는 다른 병실로 원정을 다니면서까지 환자든 보호자든 가리지 않고 어울렸다. 좀 친해지면 밀양으로 놀러 오라며 연락처를 주고받았다. 하여튼 오지랖이 넓은 건지, 곧 다가올 항암 치료의 공포감을 애써 잊으려고 발버둥을 치는 건지 그런 모습을 볼 때마다 나는 웃고 있어도 눈물이 났다. 웃음이 피 울음처럼 아팠다.

　5인실의 병실은 대개 병상이 양쪽으로 3개와 2개로, 2개의 병상 쪽엔 화장실이 있다. 5명의 환자와 그에 따른 보호자까지 합치면 꽤나 번잡하였다. 다행히 아내의 병상은 남쪽 창가라서 나는 병상과 창문 벽을 방패막이로 삼아 생활하였다.

　여성 병실에 굴때장군 같은 놈이 있다는 것은 여성들로서는 여간 부담스러운 일이 아니었을 것이다. 사실 병실 생활은 나에겐 익숙한

편이다. 막냇동생이 간암으로 입원, 손아래 동생이 간암으로 간 절제 수술, 아버지는 치매, 어머니는 간 경화와 담관암으로 이 병원 저 병원을 옮겨 다니면서 오랫동안 병실 생활을 한 슬픈 이력이 있다.

그보다 훨씬 오래전 딸아이가 교통사고로 입원하였을 때는 두 달 동안 직장을 내팽개치다시피 하고 병간호를 해야만 했다. 초등학교 4학년 때 남동생과 골목길에서 장난을 치다가 화물자동차에 치여 한쪽 발목이 거의 절단되다시피 한 큰 사고였다. 거의 발목이 두 동강으로 부러졌다고나 할까. 생각만 해도 끔찍한 일이다.

내리사랑이라고 했던가? 고슴도치 사랑이라 했던가?

내 인생에서 가장 가슴 아픈 사건이다. 그 순간들을 다시는 떠올리기조차 싫어 딸아이의 신나는 병상 일기만 기억하려 한다.

그때나 지금이나 여전히 대단한 내 딸이다. 수술 후 마취가 풀리기 시작하면서 극심한 통증으로 하룻밤 잠 못 잔 거 빼고는 잘 버텨주었다. 열한 살밖에 안 된 여자아이가 참 강하기도 했다. 지금 아내가 강하게 버티는 것처럼 말이다.

엄마의 유전인자를 오롯이 물려받았는지 딸아이는 너울가지 하나로 환자, 보호자, 간호사, 의사 할 것 없이 모든 사람들에게 사랑을 독차지하였다. 당시로써는 시골 병원치곤 규모가 꽤 큰 병원이었다. 면 소재지에 하나뿐인 종합병원이라 입원 환자도 많았다.

달포 동안은 휠체어 또 달포 동안은 목발 신세를 지다가 퇴원 후에도 몇 개월간은 통원 치료를 받았다. 입원 기간 중에 휠체어를 탄 환자들끼리 복도 끝에서 끝까지 달리는 시합에서 남녀노소 가릴 것 없이 단연 딸을 따라 올 적수가 없었다. 목발을 짚고부터는 목발 짚고 달리기도 단연코 맞상대가 없었다. 그 바람에 딸은 병원에서만큼은 별난 유명 인사처럼 모르는 사람들이 없었다. 어느 날부터 '정아 미용실' 딸이란 것을 알고 환자나 가족들이 머리하러 발길이 끊이지 않았다.

아내는 딸아이를 출산하기 10시간 전까지도 일을 한 사람이다. 그나마 내가 오랫동안 백수 생활을 하고 있어도 입에 풀칠을 면할 수 있는 것이 다 아내 덕이라 해도 과언이 아니다. 땡전 한 푼 양가의 도움 없이 빈손으로 시작하여 이만큼이라도 해 놓고 산다는 것이 얼마나 감사한 일인가.

동아대학교병원, 이곳이 딸과 아내에게는 어떤 인연이 닿았을까?

아내는 그곳에서 목숨을 건졌고, 딸은 그곳에서 첫아이를 낳았다. 딸은 수술로서 참 힘들게 아이를 낳았다. 아이를 가지고부터 자궁 속 물혹이 차츰차츰 커지는 바람에 태아도 산모도 위험한 상황이었다. 아마도 보통의 여성이라면 일찍이 배 속의 아이를 포기할 수도 있었을 것이다. 아랫배의 통증을 감내하며 버틸 수 있는 데까지 버텨 출산일을 최대한 늦췄다. 미숙아를 출산하지 않으려는 강한 모성애인지, 어린 시절 겪은 교통사고가 통과제의처럼 한 단계의 고통을 더 감내할 수 있는 원천이 되었는지 아무튼 대단한 딸이다.

돌이켜 보면 여느 아버지처럼 곱게 공주처럼 키우지 못한 것이 가슴에 참 많이 걸린다. 어리광을 부리는 것조차 용납하지 않았으니 말이다. 늘 미안하기만 하다. 지금은 살갑지 못한 아버지 대신 며느리를 딸처럼 살갑게 대해 주는 사돈 내외분이 계시니 이 얼마나 축복받은 일인가. 사위 또한 말할 것도 없으니 아버지에게 피우지 못한 어리광을 남편에게라도 부리고 살았으면 좋겠다.

아내의 운전면허증

30여 년 전 내가 운전면허를 취득할 때와 10여 년 전 아내가 취득하였을 때는 시험 규정이 약간 달랐다. 나는 1차 학과 시험 통과 후 기능시험을 통과하면 면허증을 손에 쥘 수 있었다. 아내는 먼저 기능 시험을 통과하여야만 학과시험을 볼 수 있고 마지막으로 도로 연수까지 통과해야만 했다.

당시 4월 농번기가 시작되기 전에 취득하려는 아내를 위하여 계획을 세웠다. 우리가 사는 골짜기까지 학원 통근차가 운행을 하지 않은 터에 천생 내 승용차로 가고 오는 수고를 해야만 했다. 안전교육과 기능교육을 수료하고 기능시험을 치는 날 아침부터 이른 봄비가 내렸다. 아직은 기온이 차가운데 비까지 내리니 하늘도 무심하다는 생각이 들었다. 유리창에 끼는 성에 제거와 브레이크 작동에 유의하라고 당부했다.

기능시험은 나이가 많은 순서대로 출발을 하였다. 첫 번째로 출발한 쉰다섯의 아주머니는 T자형 코스에서 빠져나오지를 못하고 헤매다 탈선을 하자마자 실격이라는 안내 방송이 나왔다. 두 번째로 출발한 아내는 도착 지점까지 무난하게 통과를 하였다. 차량 지붕에 파란색 경광등이 켜지면서 "축하합니다, 합격입니다!"라는 안내방송이 들렸다.

차에서 내린 아내는 열 손가락을 펴 보이며 활짝 웃었다. 백점 만점에 백점을 받았다. 기록지를 받아 들고 도로 연수를 신청하기 위하여 사무실로 들어갔다. 재수강 신청을 하고 있는 실격 처리된 아주머니에게 활짝 웃으며 두 손을 펴 보였다.

"언니! 나는 만점 받아 합격했어요. 언니는요?"

나는 아내의 옆구리를 꾹 찔렀다. 아내보다 다섯 살 위인 아주머니는 서너 번을 연이어 떨어져 의기소침한 것도 모르고 만점 받았다고 자랑까지 하였으니 내심 얼마나 열을 많이 받았을까?

"언니, 힘내세요!"

그 말이 귀에 들어올까, 약만 더 오르지. 나는 1차 관문을 통과한 축하의 의미와 날씨도 그러니 온천이나 가자고 하였다. 내 기분 따위는 아랑곳하지 않고 다른 수험생들이 하는 걸 구경하자고 하였다. 합격한 사람만이 부리는 여유로움이었다.

운전면허 시험장에서 청도 용암온천까지는 40여 분이 걸렸다. 가고 오는 내내 내 귀가 따갑다 못해 시리고 아프게 합격 무용담의 수다를 들어주어야만 했다. 남은 학과 시험과 도로 연수까지 합격하여 운전 면허증을 취득하는 그날까지 내 귀를 고스란히 열어두어야만 한다.

그렇게 농번기가 오기 전에 운전면허증을 취득하였고 틈틈이 내 승용차로 운전을 익혔다. 그것이 나중에 내 어머니 아버지의 병시중에 꼭 필요할 줄은 상상도 하지 못했다. 유난히 길눈이 밝은 아내는 산골에서 시내까지 왕복 1시간여를 혼자 운전하여 다녀올 정도로 하루하루 달랐다.

4월 초 늦은 밤, 마산 작은이모의 전화를 받았다.

"익아, 지금 네 어머니 아버지 모시고 너희 집으로 가는 중이다."

아닌 밤중에 홍두깨라더니 무슨 일인가 궁금하였지만 얼추 짐작은 되었다. 부랴부랴 집 안을 청소하고 부모님이 주무실 방에 군불을 지폈다.

한 시간 후 이모부와 함께 어머니 아버지를 모시고 오셨다. 이모는 평소 무슨 일이든 육하원칙과 기승전결에 맞추어 설명을 실감 나게 잘하는 분이다. 느닷없이 일어난 그 모든 정황을 듣는 내내 나는 눈물만 흘렸다.

생때같은 자식을 가슴에 묻은 아버지는 매일 소주 됫병을 비우니 얼마 안 가 오장육부가 문드러졌고 치매까지 왔다. 옷에다 큰 거, 작은 거 가리지 않으니 곁을 지키는 어머니는 오죽하였을까.

나야 당신의 자식이니 부모를 모시는 것이 당연한 도리이나 아내에게 내 어머니 아버지를 모시라고 강요할 수는 없었다. 사실 그전에 아내에게 입버릇처럼 뱉은 말이 있다. 딸이 임용고사를 합격하면 아내는 딸과 함께 생활하고 부모님은 나 혼자서 모시겠다고 하였다.

우리 집안의 어느 누구도 아내에게 어머니 아버지를 모시라고 강요할 수는 없다. 아내는 나에게 시집와 고생을 많이 하였다는 것을 잘 알기 때문이다. 부모님이 살고 계신 집이 은행 담보로 잡혀 어려울 때 아내의 지원이 없었다면 진작 은행으로 넘어갔을 것이다.

촌구석에서 시부모님을 모시고 살면서 아내의 운전 솜씨는 일취월장이었다. 내가 출근한 날에는 어머니 아버지를 모시고 표충사 구경도 시켜드리고 맛난 점심도 대접하곤 하였다. 실로 아내의 운전면허증이 발하는 시간이었다.

아내의 운전면허 갱신 기일이 마지막 항암 치료를 앞둔 며칠 전까지였다. 진작 안내문을 받았지만 여러 날을 고민하다가 운전면허증을 반납하기로 결정하였다. 작년 10월 10일 아내의 운전면허증을 품에 안고 경찰서를 방문하는 날 내 눈가는 촉촉이 젖었다.

아내의 운전면허증은 내 부모님과 장모님의 살아생전에 효도의 손발이었다. 양로원과 요양 병원 심지어는 산골의 마을 회관까지 춤사위로 봉사를 할 수 있게 길 안내도 해주었다. 10여 년간 아내의 팔다리가 되어준 고마운 운전면허증이 노릇을 다했는지 올봄에 돌아가신 장모님 곁으로 떠났다.

"여보, 너무 아쉬워하지 마. 이제부터는 내가 당신의 운전면허증이 되어 줄게!"

명품

사람은 누구나 살아가는 방식이 제각각이다. 남의 이목을 끌려는 사람과 남의 이목 따위는 아랑곳하지 않는 사람, 전자든 후자든 제 잘난 맛에 사는 건 분명하다. 그렇다고 나와 사는 방식이 다르다고 이러쿵저러쿵 말할 일은 아니다.

산골에 살 때 겨울철 아침이면 습관적으로 하는 일이 있다. 마당에 세워둔 승용차 유리에 얼어붙은 성에를 제거하기 위해 커피포트로 끓인 물을 붓는 걸 말함이다. 시동을 걸면 애마는 하루를 시작하는 소리를 힘차게 낸다.

밤새 얼어붙은 엔진 소리는 늑대나 호랑이 울부짖음 못지않다. 어찌 들으면 방앗간에서 쿵더쿵쿵더쿵 쌀 찧는 소리 같기도 하다. 15년 동안 주행거리 40만 킬로미터를 동고동락한 내 삶의 애환이 잔뜩 묻어있는 애마다. 그동안 말썽 한 번 피운 적이 없는 모범생이었으나 요즘 들어 겨울철 아침이면 어김없이 울부짖는다.

언젠가 차선변경을 하기 위하여 내 뒤꽁무니에 끼어들던 승용차가 나의 애마를 추돌하였다. 쿵 하는 소리는 크게 들렸지만 나의 애마는 그다지 움직임이 적었다. 고개를 연신 꾸벅이며 다가온 여성 운전자에게 아무 일 없다는 듯 차창 문을 내려 그냥 가라고 손짓을 하였다. 그녀나 주변의 운전자들은 기이하게 생각하였을 것이다. 세월이 빚어낸 명품 승용차만이 가질 수 있는 넓은 아량이었다. 애마는 포용

력이 크고 배려심도 깊은 데다가 인간다운 따뜻한 맛도 철철 넘쳤다.

'소나타III 2.0 골드, 차량번호 울산 31다 7253'

애마는 울산에서 탄생하여 나와 함께 전국을 다녔다. 아내와 아들 딸을 도로 연수도 시켰고, 아내 따라 양로원과 요양 병원에서 봉사 활동도 했다. 내 어머니 아버지께 제 한 몸 다 바쳤다. 어머니 아버지 돌아가시고는 딸과 함께 5년을 살다가 홀연히 우리 곁을 떠났다. 20년 동안 48만 킬로미터를 숨 가쁘게 달린 나의 애마는 과연 명품이었다.

소나타III는 배기량이 1.8과 2.0인 중형차로 1996년 출시되었다. 이 중에 2.0 골드는 옵션 없이 찻값만 1680만 원이니 거의 그랜저 2.4와 맞먹었다. 당시 150여 명의 직원 중에서 제일 높으신 양반이 탄 관용차가 소나타III 1.8이었다. 당연히 부하 직원들은 배기량 1.8 이상의 승용차를 탄다는 것은 언감생심이다. 그때는 사회 분위기가 그랬다.

어느 날 같은 부서의 동갑내기 직원이 소나타III 1.8을 몰고 출근을 하였다. 평소 밉상 짓을 많이 하는 동료라 아니꼬웠지만 다들 부러워했다. 프라이드 베타를 타고 다닌 나는 기가 죽었다.

퇴근 후 아내를 살살 꼬드겼다. 미용실을 운영하는 아내는 내 월급의 3배를 버는 능력자이기 때문이다. 남편 기죽이지 않으려 승낙을 했다. 막냇동생에게 간 프라이드 베타 대신 새 식구가 생겼다. 초등학생인 아들딸과 주말이면 바다로 산으로 놀이공원을 누비고 다녔다. 그러고 보면 나도 참 잘나가던 때가 있었다. 모든 것이 다 아내 덕이었으리라!

나의 애마가 떠나면서 제 자식 같은 앙증맞은 놈을 하나 남기고 떠났다. '모닝'이라는 이놈도 제 어미를 꼭 빼닮아 얼마나 가상한지 모른다. 6년 동안 결석과 지각 한 번 없이 대학 문턱을 넘나들었다. 제 어미만큼이나 전국을 돌아다녔다. 몇 년간 이 병원 저 병원 먼 길 떠나도 힘들다고 울부짖지도 않았다. 작은 고추가 맵다는 걸 여실히 보여 주듯 혹독한 세월을 잘 버텨주고 있다.

작은 고추가 맵다는 걸 보여 준 사건이 불현듯 떠오른다.

거제도의 한 식당 주차장에 차를 세워두고 2층에서 식사를 하는 중이었다. 식당 주차장보다 2미터 남짓 높은 곳인 도로는 급커브 구간이다. 한적한 산길을 달리던 봉고 승합차가 가드레일을 밀치고 언덕 아래로 굴러 떨어지는 광경을 쳐다보게 되었다. 반사적으로 밖으로 뛰쳐나가니 순식간에 주차장은 아수라장이 되고 말았다. 봉고 승합차가 엎어진 채로 꽁무니는 내 차 보닛에 걸려 있고 운전석은 시멘트 바닥에 고꾸라져 있었다.

차 안을 살펴보니 탑승자는 운전자뿐으로 밖으로 나오지만 못할 뿐 크게 다친 것 같지는 않았다. 이내 119 대원들이 구조하니 외관상 운전자는 멀쩡하였다. 곧 경찰과 자동차보험회사 직원들도 여럿 왔었다. 사고 차량이 내 차에 걸치지 않고 곧바로 시멘트 바닥에 고꾸라졌다면 운전자는 즉사했을 것이라고 이구동성으로 내뱉었다.

하여튼 그날 식사를 하다 말고 벅신벅신 모여든 사람들이 내 모닝을 두고 칭찬이 자자했다. 고놈이 사람 하나 살렸다면서 식당 주인은 밥값도 받지 않고 되레 화장지 몇 박스를 챙겨주었다. 아마 식당 주인은 내 차를 두고두고 회자할 것이다.

그때 온몸을 내던져 사람을 살린 것처럼 지금은 내 아내를 살리려고 온갖 애를 다 쓰는 녀석이라 더 애착이 간다. 제 어미에게 '애썼다, 고맙다'란 말 한마디 못해 준 것이 내내 마음에 걸려 녀석에게는 머리를 쓰다듬기도 하고 어깨나 엉덩이를 툭툭 쳐 주기도 한다.

　녀석도 언제가 제 어미가 그랬듯이 제 할 일 다 하고 나면 홀연히 내 곁을 떠날 것이다. 그날이 오기 전까지는 내가 먼저 곁을 떠나지는 않을 것이다. 내 아내가 명품이듯이 이놈 역시 짝퉁이 아닌 명품이다. 내일은 녀석에게 새 신발을 사줘야겠다.

세상에서 가장 아름다운 소리

얼마 전 부산의 한 택시기사가 승객과 말다툼을 벌이다 흉기를 열 차례 넘게 휘두른 사건이 있었다. 승객이 차 안에서 수차례 방귀를 뀌 자 택시기사가 창문을 내리며 주의를 요구하는 과정에서 서로 감정 이 상해 말다툼과 몸싸움으로 이어진 사건이다. 승객은 장기 일부가 손상되는 등 중상을 입고 병원에서 치료를 받고 있다는 뉴스를 접했 다.

지난 1999년 환경부에서는 우리 주변의 자연환경과 자연을 벗하 고 있는 삶의 현장에서 들려오는 아름다운 소리를 발굴하여, 국민들 에게 널리 알리기 위하여 「한국의 아름다운 소리 100선」 선정·보급 사업을 기획하였다.

1999년에 공모를 거쳐 국민으로부터 400여 가지의 소리를 접수 받았다. 소리·영상 전문가와 함께 자연환경의 소리, 생물체 소리 등 아름다운 소리 100가지를 선정하였다. 다음 해 선정된 100가지 소리 를 전국 각지에서 원음과 영상을 녹취하였다. 1년여의 노력 끝에 녹 취한 100가지 소리가 계절감, 생활 속에서 의미를 고려하여 사계, 향 토, 울림, 추억, 생명 등으로 분류하여 4장의 CD에 담았다.

'사계'에는 얼음장 밑으로 물 흐르는 소리, 낙엽 지는 소리 등 자 연의 시간 흐름을 표현하였다. '향토'는 모내기하는 소리, 재첩 잡는 소리 등 어릴 적 시골에서 접하였던 정겨운 고향의 소리로 구성하였다. '울림'에는 범종과 성당 종소리 등 우리 민족의 일깨움의 소리로 구성하였다. '추억'에는 가을 운동회 소리 등 서서히 사라져 가는 삶의 소리 등을 담았다. '생명'에는 제비, 매미, 베짱이 소리 등이 포함되어 있다.

세상에서 가장 아름다운 소리는 과연 어떤 소리일까?

우리 집 정원과 텃밭에서는 뮤지컬 공연을 하듯 새들이 가지에서 가지로 옮겨 앉으며 공연을 한다. 대극장에 관객이라곤 아내 한 사람뿐인데도 열연을 펼친다. 새들의 날갯짓과 우짖음 소리가 아름답다.

밤하늘 여기저기에 별이 꽃처럼 환하게 피어나는 소리에 우리 집 꽃밭에는 하얀 안개꽃이 별처럼 맑고 밝은 소리를 낸다. 귀가 아닌 가슴을 기울여야 별 소리 꽃 소리를 들을 수 있다. 참 아름다운 소리이다.

기구한 운명을 타고난 소리꾼 남매의 가슴 아픈 한에서 피어나는 소리의 예술을 형상화한 이청준의 『서편제』는 남도 사람 특유의 '끼'를 '득음'과 '한(恨)'이라는 정서로 표현한 작품이다. 한 많은 삶을 사는 인물들이 아픈 현실에 굴복하여 좌절하는 자세가 아닌 내면 깊은 곳에서 우러나는 힘을 통해 이를 삭이고 이겨내는 모습을 잘 보여주고 있다.

한이 맺히고 쌓이는 모습은 곧 자아 정체성의 혼란을 겪게 되지만 '삭임'이라는 과정을 거쳐 자아 정체성을 회복해 가게 된다. 그렇게 삭인 한은 '용서와 화해'를 통해 비로소 오랜 응어리가 풀어지게 된다. 비록 소리로 인해 한이 생성되고 소리로 한을 삭이지만 여기서 더 나아가 득음이라는 예술로 승화시킨다. 그리하여 기존의 창법을 뛰어넘는 자신만의 소리를 갖게 되고 자연과 하나 되는 경지에 이르게 된다. 깨달음의 아름다운 소리이다.

아내는 매회 항암 치료를 받을 때나 마치고도 음식을 삼키기 힘든 만큼 소화시키는 것도 힘들었다. 억지로 먹는다 하더라도 소화를 시키지 못할 때는 고역이었다. 그럴 때는 시원하게 볼일 한번 보는 것이 가장 큰 소원이었다. 염소 똥처럼 똥글똥글하게 배설될 때는 그나마 다행이지만 배변이 되지 않을 때는 항문에다 관장제를 넣어야만 했다.

예로부터 전해오는 건강의 3대 조건이 '쾌식, 쾌면, 쾌변', 즉 3쾌로 '잘 먹고(快食) 잘 자고(快眠) 잘 누기(快便)'라 했다. 아내는 잘 먹지도 잘 자지도 잘 누지도 못하니 그야말로 엎친 데 덮친 격의 처지가 되었다. 아내의 방귀가 그리웠다. 방귀가 잦으면 똥 싸기 쉽다고 하였으니까.

내가 열세 살 적에 맹장염 수술을 받고 입원실에 누워 있을 때 의사와 어머니는 며칠을 내 방귀만 기다렸다. 어느 날 붕붕 방귀 소리에 어머니는 손바닥을 마주치며 좋아했다. 그때 어머니의 애타는 심정을 이제야 알 것 같다.

작년 칠월 어느 날, 아내와 함께 마을 뒷산 소나무 그늘 아래 돗자리를 깔고 누웠다. 푹신한 솔가리가 바늘잎을 스치는 바람 소리에 그윽한 솔 향내가 배어들었다. 두 눈을 감고 가슴 귀로 듣다보면 연리지의 내밀한 속삭임까지 들려왔다. 간간이 부는 바람을 이용해 애절한 몸짓으로 구애를 하니 나도 한 점 바람이 되고 싶었다.

'짜증을 내어서 무엇 하랴 니나노 닐리리야 얼씨구나 좋다!' 핸드폰에서 흘러나오는 민요를 따라 부르던 아내가 노랫가락에 맞춰 붕붕 방귀를 뀌었다. 아내의 방귀가 날씨만큼이나 맑았다.

솔잎에 가린 하늘이 유난히 푸른 아침나절이었다. 세상에서 가장 아름다운 소리는 환경부가 선정한 한국의 아름다운 소리 100선도 아니었고, 득음한 남도의 창도 아니었다. 바로 내 아내의 방귀 소리였다. 목마름의 해골바가지로 달콤함의 해탈이었다.

그럼 세상에서 가장 듣기 좋은 소리는 어떤 소리일까?

"여보, 사랑해! 당신이 살아있어 행복합니다."

죽기 전 보고 싶은 친구

아내는 죽음의 공포 속에 친구 몇 명에게 문자메시지를 보냈다. 죽기 전에 꼭 한번 얼굴이라도 봐야겠다고 말을 하는 순간 나는 아내를 꼭 껴안았다. 그동안 초연히 잘 버티더니만 내심은 얼마나 힘들었을까. 사실 아내는 아주 가끔이라도 만날 수 있는 친구들이 몇 명 안 된다. 남편 잘못 만난 탓이다.

죽음 앞에서 보고 싶은 친구는 어떤 사람일까?

시골 소녀티가 물씬 나는 아내를 만난 것은 고3 때였다. 동갑내기인 우리는 몇 년을 친구처럼 지내다 결혼을 약속하였다. 직장을 구한 뒤 장인 장모가 될 분께 승낙을 받으러 아내의 본가에 갔다.

마산에서 버스를 탄 지 1시간 30여 분 만에 읍에 도착하였다. 한두 시간을 기다려 완행버스를 타고 1시간 남짓 꾸불꾸불 비포장 길을 달리다 산 고개를 넘었다. 아내는 고갯마루에서 저 멀리 바다가 보이고 산 고개 아래가 자란 곳이라고 손가락으로 가리켰다. 나는 바다의 풍광도 시골의 정취는 아랑곳하지 않고 이런 시골까지 전깃불이 들어오는지 텔레비전이 있는지가 궁금하였다.

마을 어귀에는 아내의 어머니가 기다리고 계셨다. 마당으로 들어서니 제일 먼저 눈에 들어온 것이 눈이 참 예쁜 송아지였다. 고놈이 아내의 결혼 밑천이었다는 걸 나중에야 알았다. 나의 우려와 달리 낮은 천장에는 백열등이 매달려 있고 방의 한쪽 모퉁이 궤짝 위에는 흑

백텔레비전이 보였다. 나는 결혼 후 종잣돈을 만들어 제일 먼저 컬러 텔레비전을 설치해 드렸다.

그곳에서 아내는 초등학교와 중학교에 다녔다. 다행히 초등학교는 집에서 가까웠지만 중학교는 꽤 먼 거리였다. 한 두 시간 만에 마을을 지나는 버스를 타고 꼬불꼬불 비포장 길을 털털거리며 30여 분이나 가야 했다.

아내는 아랫마을에 사는 친구와 초등학교와 중학교를 함께 오갔다. 중학생일 때는 궂은 날씨가 아니면 버스비를 아끼려고 1시간 동안 재를 넘고 넘어 학교를 다녔다. 그 친구는 시험 기간 동안만은 시험공부를 위해 이른 아침부터 혼자 등굣길에 나섰다. 그 먼 길을 걸어가면서도 손에는 암기 수첩을 놓지 않을 정도로 억척같이 공부했다고 했다. 아내는 친구와 떨어져야 하는 시험 기간이 참 싫었다고 하였다.

가을 하늘이 남해 바닷빛을 띤 어느 날 택배가 왔다. 스티로폼에서 가을 바다 냄새가 물씬 풍겼다. 아내가 뱃놀이를 할 만큼 큰 스티로폼 박스 안에는 갈치가 춤을 추니 낙지도 덩달아 퍼포먼스를 했다. 해산물은 파도타기를 하듯 넘실대고 바다 새우들은 열렬히 손뼉을 쳤다. 마치 남해 바다를 다 담아 놓은 것 같다면 너무 지나치다 할 것인가.

다음 날 아내가 그토록 보고 싶다던 친구가 우리 집에 왔다. 남해에서 새벽밥 먹고 꼬박 한나절 동안 버스를 네댓 번이나 갈아타고 밀양까지 왔다. 그녀가 여고를 갓 졸업하고 창원 C병원에서 간호사로 일할 때 딱 한 번 본적이 있다. 그때 그 모습이 희미하게나마 남아 있었다. 40년의 세월이 그때 그 모습으로 그냥 두었겠냐 마는 입가에 짓는 잔웃음은 그대로였다.

내가 한 번 봤는데도 뇌리에서 사라지지 않은 건 가끔 아내가 그 친구와의 추억담을 들려주곤 했기 때문이다. 때로는 내가 그 친구 안부를 물어보기도 하였다. 결코 치킨 때문만은 아니었다. 당시 병원 간호사 휴게실인지 빈 병실인지 아무튼 치킨을 대접받았다. 막 집어 먹기가 쑥스러운 앳된 아가씨 둘을 앞에 놓고 한 마리를 거의 내가 다 먹어 치웠다. 입에 착착 달라붙던 치킨 맛이 아직도 입에 배고 뇌리에 남아 있다. 요즘의 치킨은 낭만도 없고 추억도 없는 그냥 튀긴 닭고기일 뿐이다.

아쉽게도 아가씨 둘은 그때 일을 기억에서 지워버렸다. 어쩌면 기억력이라기보다는 베푼 자와 받은 자의 차이일 수도 있을 것이다. 베풂은 그냥이고 받음은 고마움이기 때문이 아닐까. 그때의 고마움을 아직도 간직하고 있다는 것을 인사로 대신하고 나는 자리를 떠야 했다. 오랜만에 만난 동무끼리의 정담에 방해되는 것도 그렇고, 사위를 보는 내 초등학교 동창의 결혼식장에도 가야 했기 때문이다.

흰 봉투에 마음을 담아 '친구야, 건강하게 오래오래 보자!'는 따뜻함이 아내에게 큰 버팀목이 되었다. 아내에게 그런 친구가 있다는 것은 더없는 감동이자 축복이지 않은가. 아들만 둘이라는 그녀가 며느리를 보는 날엔 꼭 아내와 함께 축하객으로 참석을 할 것이다.

아내는 오늘도 산길을 오르내리며 콧노래를 부른다. 동요인 「고향 땅」을 흥얼거리며 '날 저무는 논길로 휘파람 불면서 아이들도 지금쯤 소 몰고 오겠네' 라는 마지막 구절에서 친구 이야기를 들려줬다. 그 시절에 그 친구는 늘 소를 몰고 다녔다고 했다.

내가 그때 그 치킨 맛을 40년간 입에 배고 뇌리에 박혔듯이, 이제는 남해의 상큼한 바다 냄새를 가슴에 영원히 담아야겠다.

내가 아내의 처지가 된다면 나는 어떤 친구를 그리워할까?

엄마 찾아 삼만 리

파킨슨병 진료와 10차 방사선 치료를 하고 집으로 돌아오는 차 안에서 아내는 중학교 동창의 전화를 받았다. 11월의 가을 하늘만큼이나 아내의 얼굴은 맑았다.

용케도 우리 집을 찾아온 동창은 나도 잘 아는 친구이다. 마산에서 살 때 가끔 우리 집에도 방문한 적이 있다. 어머니를 모시느라 혼기를 놓친 건지, 독신주의자인지, 아님 마음에 드는 상대를 만나지 못한 건지 아무튼 내 눈에는 신비 그 자체였다. 외모만큼이나 내적인 아름다움도 고왔기 때문이다.

조급증이 난 이내를 위해 액셀에 힘을 주었다. 죽기 전에 꼭 보고 싶다고 문자메시지를 보낸 지가 꽤 되었는데 이제 우리 집을 찾은 연유도 분명 있을 거라 생각했다. 골목에 들어서니 우리 집 정원에서 꽃구경하는 그녀를 멀리서 봐도 단번에 알아볼 수 있었다. 본 지 15년이 흘렀고 환갑을 바라보는 나이임에도 한결같았다. 약간의 쓸쓸함에 찬 낯이 뭔 변고가 있었던 것 같다는 느낌은 이내 알게 되었다.

얼마 전 어머니가 돌아가시고는 서울에 있었다고 했다. 서울 여동생이 유방암으로 항암 치료를 하는 동안 병시중을 하기 위함이었다. 여동생이 힘들어할 때마다 친구도 그럴 거라 생각하며 마음이 많이 아팠다고 했다. 문자메시지를 받고 당장 달려올 수 없음이 원망스러웠단다.

지난 시간을 돌이키며 서로의 사정을 얘기하다가 아내가 문득 타로 이야기를 끄집어냈다. 환갑을 바라보는 나이에 결혼, 연인 따위의 애정 문제는 전혀 관심이 없단다. 다만 꿈속에서라도 어머니를 한 번 만날 수 있으면 좋겠다면서 커다랗고 검은 눈이 금세 촉촉이 젖었다.

어머니와의 관계 배열법을 해 보았다. 아직은 타로 리딩이 미숙하지만 7장의 카드를 펼치는 순간 어머니에 대한 사무침이 가슴을 옥죄는 것을 알 수 있었다. 아버지께서 돌아가시고부터 줄곧 어머니를 모시고 살았으니 그 마음 헤아리고도 남았다.

어머니 이야기를 하면서 순식간에 걷잡을 수 없이 눈물을 쏟아냈다. 그러면서 "내가 죽어서 어머니 만나러 가면 어머니는 할머니 만나러 가고 없으면 어떡해?"라고 했다. 애절한 그리움이었다.

그랬다. 나도 나중에 어머니를 만나러 가면 어머니는 할머니, 또 할머니는 할머니의 어머니…. 어쩌면 죽어서도 영원히 만날 수 없다는 생각에 덜컥 겁이 났다.

1970년대 중반 국내에서 인기리에 방영한 어른, 아이 할 것 없이 보는 이들의 심금을 울렸던 만화 영화 『엄마 찾아 삼만 리』가 떠올랐다. 3만 리면 자그마치 지구의 3분의 1 정도 되는 셈이다. 그렇지만 나와 어머니와의 거리는 3만 리가 아니라 그보다 수백, 아니 수천의 배는 되고도 남는다고 생각하니 공포와 전율에 휩싸이게 되었다.

'불효부모사후회(不孝父母死後悔)'라는 말이 있다. 부모님이 돌아가시고 나면 후회해도 이미 늦으니 살아 계실 때 효도해야 한다는 가르침이다. 이는 또한 자식이 부모를 봉양하고자 하나 부모가 기다려 주지 않는다는 뜻의 사자성어인 풍수지탄(風樹之歎)과 의미가 같다.

나처럼 효도를 다하지 못한 사람이든 평생 어머니를 모시고 효도를 다한 아내의 친구이든 어버이를 여읜 자식의 슬픔은 매한가지였다. 나야 아내가 있고 자식이 있으니 어머니의 그리움은 잠시 묻어둘 수도 있겠지만 혼자인 그 친구는 사정이 다르지 않은가. 밥을 먹을 때도 목욕탕에 갈 때도 늘 어머니와 함께였던 그 친구는 어머니의 빈자리가 무척이나 클 것이다.

아내의 건강을 염원하고 떠나는 그녀의 승용차 뒤꽁무니가 사라질 때까지 한참을 바라보았다. 힘내라는 응원의 기도와 함께.

"죽어서 어머니 만나러 가면 어머니는 할머니 만나러 가고 없으면 어떡해?"

그 친구가 남긴 말이 긴 여운으로 남아 오늘도 나는 밤하늘의 별을 헤아리면서 해답을 구하려 애를 썼다. 불교에서 말하는 전세(前世), 현세(現世), 내세(來世)가 윤회하는 것과 같이 죽음은 끝이 아닌 새로운 삶의 시작이며, 삶의 시작은 다른 세상에서의 죽음을 뜻하지 않을까?

저녁녘

별이 보인다.

새벽녘

별이 움직인다.

동틀 녘

별이 스러진다.

피그말리온과 스티그마

옛말에 '곡식은 농부의 발소리를 듣고 자란다'는 말이 있다. 사랑과 관심이 필요하다는 말일 것이다. 어떤 미물도 사람과 교감할 수 있다는 것이 평소 나의 지론이다.

아내가 입원하는 동안에 '까망이, 하양이, 빨강이'가 늘 마음에 걸렸다. 관상용 금붕어들은 딱 먹을 만큼만 먹는다는 걸 알지만 안타까움에 잔뜩 먹이를 주고 병원으로 향했다. 퇴원 때까지는 며칠을 굶어야 하기 때문이다. 주인 잘못 만나 달포마다 며칠을 굶는 짓을 반년 동안 치러야 했다.

매 순간 위험한 고비를 넘기면 그때서야 비로소 안도의 한숨을 내쉬며 오만 가지 잡생각에 사로잡힌다. 화분과 꽃밭의 화초들, 텃밭의 채소들이 시들지나 않았는지 따위가 뭔 대수이겠냐 마는 아내가 애정 어린 손길로 가꾼 것들이다. 그것들이 생기가 있어야 아내도 덩달아 힘을 낼 수 있기 때문이다. 식물들이야 그렇다손 치더라도 수족관 밖으로 온통 촉각을 세워 입만 벌룩이며 우리를 기다릴 놈들이 눈에 선했다.

며칠 만에 퇴원하여 집 안에 들어서자마자 먹이부터 챙겨주면 빠끔대며 잘도 먹는다. 금강산도 식후경이라고 얘들도 배부터 채우고 서야 아는 체를 한다. 유리 벽에 주둥이를 들이밀어 딱딱 소리 내는 것이 반가움의 표시가 아닐까? 성숙한 여인네 치맛자락 흔들 듯 꼬리까지 치렁거린다. 어제오늘 사이 많이 날씬해졌다. 마음은 여전히 짠하지만 미물도 아픔을 겪으면 더 아름다울 수 있구나 싶다.

관상용 금붕어는 25년 정도 사는 것으로 알려졌으나 평균수명은 그보다 훨씬 짧다고 한다. 물을 갈아 줄 때는 어항의 물을 반쯤 남기고 새 물을 넣어 주어야 하고, 수돗물은 염소 제거를 위해 받은 지 하루가 지난 것을 써야 한다고 했다. 사실 5년간 키우면서 기본적인 이 두 가지를 염두에 두지 않았다. 그냥 눈길만 자주 주었는데도 언제나 씩씩한 것은 혹 피그말리온 효과가 아닐는지.

외손자와 영상통화를 할 때는 유달리 치맛자락을 너펄너펄 거리며 교태를 부린다. 외손자가 좋아하니 금붕어 사랑이 외손자 사랑인 양 아내도 덩달아 얘들을 좋아한다. 외손자가 오는 날에 맞춰 물갈이를 해주니 얘늘도 외손자를 온근히 기다리는 눈치이다. 외할머니 외할아버지께 배꼽 인사도 없이 금붕어 앞으로 쪼르르 달려가 아는 체를 해주니 얘들이 얼마나 좋아하겠는가.

반면에 아내가 아프고부터는 도둑고양이들은 찬밥 신세가 되었다. 우리 집 주변을 맴도는 괭이가 몹시 안타까워 음식물 찌꺼기를 주었더니, 저들끼리 소문이라도 낸 모양인지 낯선 놈들도 자주 나타났다. 정원과 텃밭이 꽤 넓은 우리 집은 흰 꽃이 피고 둥근 열매가 빨갛게 열리는 남천 나무로 담장을 대신하였으니 도둑고양이들이 제 안방을 드나들 듯했다.

어쩔 수 없이 텃밭 모퉁이에 허리 깊이까지 구덩이를 파서 음식물 찌꺼기를 버렸다. 음식물 찌꺼기를 담은 빨간색 물통을 들고 구덩이로 향하면 어느새 도둑고양이들이 댓 놈이나 모여든다. 심지어 댓 발자국 뒤에서부터 배를 바짝 땅에 붙이고 슬금슬금 따르는 놈들도 있다. 이놈들이 먹을 거만 챙겨 먹고 사라지면 얼마나 좋을까 마는 꼭 우리 집 주변에다 영역 표시를 하고 사라진다. 똥파리들이 앵앵거리며 들끓으니 면역력이 떨어진 아내에게는 치명적일 수 있어 구덩이를 가마솥 뚜껑으로 덮어 버렸다. 며칠 동안 구덩이 주변에서 가르릉거리며 항의를 하기도 하였다. 돌멩이를 던지는 나를 향한 애처로운 눈빛이 늘 눈에 어른거린다.

아내가 아프기 전만 하더라도 외손자를 안고 멸치 몇 마리로 "나비야!"를 외치다가 돌연 변한 나를 보고 고놈들도 외손자도 어찌 이해하려나 모르겠다. 간간이 나타나는 바싹 마른 도둑고양이들에게 어쩔 수 없이 돌팔매질을 하면서도 축원을 한다. 다음 생은 꼭 사람으로 태어나라고.

조각가였던 피그말리온은 아름다운 여인상을 조각하고, 그 여인상을 진심으로 사랑하게 되었다. 여신 아프로디테는 그의 사랑에 감동하여 여인상에게 생명을 주었다. 그리스 신화 이야기이다. 이처럼 타인의 기대나 관심으로 인해 능률이 오르거나 결과가 좋아지는 현상을 피그말리온 효과라고 했다. 반면에 부정적인 낙인이 찍힌 사람이 실제로 그렇게 행동하게 되어 부정적 인식을 더욱 강화하는 현상을 '낙인효과' 즉 '스티그마 효과'라고 했다.

우리 집 관상용 금붕어는 피그말리온 효과를 톡톡히 보고 있다면, 도둑고양이들은 스티그마 효과로 인해 점점 더 내 눈 밖으로 밀려날 것이다. 나는 늘 아내에게 피그말리온 조각가가 되어야 했다. 오늘도 나는 새 생명의 기운을 불어넣어 줄 아프로디테를 기다리고 있다.

보물섬

　아내와 나는 동네 뒷산을 보물섬이라 부른다. 소년 짐 호킨슨이 외다리 해적 실버를 만나 보물을 손에 넣는 고도(孤島)도 아니다. 여느 산처럼 산나물이 많이 나거나 도토리나 밤톨이 많은 것도 아니다. 마을 사람들이 마실을 하듯 거벼운 발걸음으로 나서는 종남산 (663.5m) 자락에 있는 야트막한 산이다.

　작년 가을, 태풍 타파가 떨어뜨리고 간 밤톨이 여기저기 흩어져 있으니 산행 내내 아내는 즐거워했다. 올봄에는 오다가다 만난 두릅이 눈맛만큼이나 아내의 입맛을 돋우었다. 무엇보다 아내를 기쁘게 맞이한 것은 더덕과 도라지였다.

　내 눈에는 좀체 띄지 않는 것들도 아내는 기막히게 찾아낸다. 풀숲에 아무리 꽁꽁 숨어있어도 지팡이로 이리저리 헤집으면 멋쩍게 얼굴을 내민다. 함박웃음 짓는 아내를 지켜보던 산새들도 덩달아 즐겁게 낄낄거렸다. 제 놈들이 먹고 싼 배설물에서 싹이 돋아난 걸 알기나 알까.

　큰 놈은 쌉싸래한 맛과 독특한 향으로 입 안을 가득 채우고 작은 놈만 골라 텃밭에다 옮겨 심었다. 아마도 내년 여름이면 종 모양의 자주색 꽃이 만발할 것이다. 그때는 낄낄거리던 산새들도 우리 집으로 마실을 오지 않을까?

　가끔은 속세를 떠난 남천 나무를 만나기도 했다. 우리 집 담장 노

릇을 하는 남천이 산새들 꼬임에 따라나선 것인지도 모른다. 한 포기
두 포기 엄마 아빠 곁에 심었더니 올 봄비에 제법 튼실하게 자랐다.
산속에서 심심해하는 어린 화살나무와 단풍나무도 몇 그루 뽑아 남
천 나무 울 사이에 뻐꾸기 알처럼 놓았더니 제법 울 노릇을 하고 있
다.

우리가 소년 짐 호킨슨처럼 보물섬을 찾아 나설 때 만나는 사람이
라곤 코로나를 피신해 온 몇몇 등산객뿐이었다. 산나물을 채취하는
사람들은 아예 볼 수도 없고 간간이 고사리를 한 움큼 손에 쥔 사람들
을 만나도 눈길이 가지 않았다.

후덥지근해지기 시작한 5월부터는 햇볕이 누그러지는 시간대에
맞춰 보물섬을 향해 나섰다. 어느 날 짐 호킨슨처럼 탐험을 할 요량으
로 늘 다니던 길을 벗어나 샛길로 빠졌다. 초봄까지만 해도 오솔길이
었던 곳이 풀이 덮여 낮으로 길을 만들어 갔다. 자칫하면 망자의 머리
나 발을 밟고 지날 뻔도 했다.

탐험의 맛은 신천지 발견이지 않은가. 우리 눈앞에 갑자기 나타난
산딸기 밭이 그랬다. 그동안 우리는 간혹 산딸기를 만나면 목을 축이
거나 주전부리로만 따 먹었다. 그날은 달랐다. 검붉은 산딸기가 군락
을 이루었으니 우리는 금세 비닐봉지에 한가득 채웠다. 아내는 내가
댓 개 따는 동안 한 움큼씩 딸 정도로 손이 빨랐다.

돌아 나오는 길에 만난 고사리는 어땠는가. 비닐봉지에 다 채우고
도 남아 목에 두른 수건으로 가득 묶었다. 아내는 내 눈에는 잘 보이
지도 않는 고사리를 줌줌이 꺾어 봉지에 넣었다. 그 순간만은 파킨슨
병 환자도 암 환자도 아니었다. 사실 나는 산에서 채취하는 걸 그다지
좋아하지 않는다. 워낙에 아내가 좋아하니 투정 섞인 몸짓으로 따라

다닐 뿐이다.

바다가 지척인 곳에서 자란 아내는 바닷가에서 조개나 해초 따위를 놀이처럼 채취하며 자랐다. 그래서인지 바다든 산이든 채취하는 걸 유별나게 좋아한다. 아내와 달리 내가 보물섬이라 칭하는 이유는 다른 데 있다. 밤톨을 줍고, 산딸기를 따고, 고사리를 꺾을 때만은 아픈 사람 같지 않기 때문이다. 아내의 회복에 한 몫 보탬을 주기에 더 그러하다.

언제부턴가 산새들의 지저귐만 듣고도 산새들의 기분을 헤아리는 여유까지 생겼다. 즐거워서 노래하는 소린지, 재잘거리며 놀고 있는지, 사람의 발소리에 경계를 품고 울부짖는지를 어림으로 산새들과도 함께 했다. 산새들과 함께 한다는 것도 우리에겐 보물섬이 아닌가.

올여름 어머니 기일 때 제사상에 올릴 고사리를 삶아 말리는 아내가 그지없이 고맙기만 했다. 매년 4월이면 종남산 정상의 진달래가 내 고향 천주산에 버금가는 장관을 이루지만 그곳은 아련히 가슴에 묻어두어야만 했다. 한때 아내는 그곳에서 새해맞이나 진달래 축제 때 사물놀이로 장구를 치기도 했었다.

아내는 파킨슨병과 암 투병을 하고부터 집 안에 장식처럼 자리한 장구와 북이 눈에 거슬려 지인에게 나눠주었다. 장구채 대신에 지팡이를 짚으며 그곳 자락을 더듬는 아내의 심정을 헤아리면 눈알이 붉어진다.

"여보, 내가 당신의 영원한 보물섬이 되어 주겠소."

4부

자아 성찰

선생과 선생님

애써 지우려고 하지는 않지만 굳이 떠올리고 싶지 않은 고교 시절이다. 중학교에서 고교 진학을 앞두고 여러 선생님께서는 같은 재단인 고등학교에 축구 선수로 갈 것을 권유하였다. 그러나 초등학교 때 운동으로 인하여 받았던 마음의 상처가 커 운동선수의 꿈은 접었다.

초등학교 5학년 때 축구와 육상을 병행하였다. 축구 훈련이 끝나면 곧바로 육상 훈련을 해야 했다. 어느 날 다른 학교와 친선 축구 시합을 마치자마자 육상부로 갔다. 축구와 육상을 병행한 학생은 나와 함께 두 명뿐이었다.

둘이는 그날 죽도록 맞았다. 육상부 담당을 맡은 우리 담임선생은 팔뚝에 찬 시계를 풀고 청색 배턴과 백색 배턴을 양손에 하나씩 쥐고 머리 어깨 팔다리를 무지막지하게 때렸다. 이유는 훈련 시간을 어겼다는 것이다. 그 선생은 축구부 담당 선생님에게 품은 개인감정으로 우리 둘에게 화풀이 했다는 것을 나중에 알게 되었다. 오래전에 모 학교에서 교장으로 퇴임했다는 걸 안다. 평생 지울 수 없는 선생이다.

그 선생을 졸업 후 우연히 만난 적이 한 번 있다. 초등학교 동문 체육행사 때 참석하여 우리 기수들과 노래방을 갔다. 함께 맥주도 마시고 노래도 불렀지만 나는 되도록 그 선생과 멀찌감치 떨어져 앉았고 눈을 맞추지 않으려고 애썼다.

한 번은 이런 일이 있었다. 동창 모임에서 6학년 때 담임선생님을 모시고 스승의 날 행사를 하자는 의견이 나왔다. 고작해야 두 반뿐이라 모실 선생님도 두 분이다. 하지만 한 분은 미국으로 이민을 갔다는 소문이 있었다. 그리고 나를 죽도록 때린 선생에게 또 다른 상처를 가진 한 여자 동창생의 반대로 무산되고 말았다. 그 선생을 입에 올리면 동창 모임에 참석하지 않겠다는 그 친구는 어찌 된 영문인지 그 이후로 동창 모임에 나타나지 않았다.

내 딸이 현재 중학교 체육 교사이다. 지금이야 체벌이 사라졌지만 그래도 맞을 짓을 하면 체벌 교육이 필요하다는 것이 내 소견이다. 그러나 분풀이 체벌은 안 된다는 전제 조건이 따라야 한다. 딸에게 줄곧 신신당부하는 말이다.

중학교 시절 잊을 수 없는 체육 선생님이 두 분 계신다. 한 분은 레슬링 그레코로만형 세계대회에서 동메달을 획득하신 분이다. 또 한 분은 6, 70년대 씨름계의 전설 故 김성률 장사와 쌍벽을 이루었던 분이다.

레슬링을 하신 선생님께서는 내가 2학년 때 테니스부를 창설하여 나를 영순위로 지명하여 테니스 하기를 권유했다. 그냥 선생님께서 시키시니 시작하긴 하였으나 며칠 만에 그만두었다. 라켓과 개인 기구를 갖출 형편이 안 되기 때문이다. 훗날 국가대표까지 지낸 유명선수도 탄생하였다.

씨름을 하신 선생님께서는 나를 씨름장으로 데리고 가서 체격이 큰 학생과 느닷없이 씨름을 한번 해보라고 하였다. 그날 이후부터 학교에 씨름부는 없었지만 틈틈이 개인 지도를 받았다. 어느 날 그 선생님은 학교를 그만두셨는데, 그만둔 사연이 뭔지는 몰랐다. 훗날 생각하니 자신의 기술을 나에게 전수하여 후계자로 키우려고 하지 않았을까 조심스러운 추측을 해봤다. 여하튼 두 분 체육 선생님뿐만 아니라 여러 선생님께서도 나를 신체 조건과 운동 신경이 남다르다고 생각을 하였는지 무조건 운동을 하라고 권유하는 일이 잦았다.

고교 진학을 하여 체육 선생님의 권유로 하게 된 운동은 복싱이다. 그러나 무슨 일이든 성실성이 뒷받침이 안 되면 말짱 도루묵이다. 어설프게 배운 도둑질이라고 친구들과 어울려 다니며 쌈질이나 하고 다녔다. 그때부터 내 인생은 꼬이기 시작하였다. 졸업식 날 담임선생님께서 이렇게 말씀을 하시며 졸업장을 주었다.

"너에게는 이 졸업장이 대통령상보다도 더 귀한 것이니 잘 간수하길 바란다."

어느 날 선생님께서 말씀하신 그 귀한 흔적을 찾으려 모교를 찾았다. 졸업장이 아닌 졸업증명서에 불과하지만 그것을 손에 받아 쥐고 멋쩍은 웃음이 나왔다. 그 웃음 뒤에 감춰진 것은 회한의 눈물이었다. 단돈 이백 원짜리 졸업증명서가 언젠가는 대통령상보다도 더 귀한 것이 되리라 믿었다.

고교 졸업장이 대통령상보다 더 귀하다고 하신 말씀이 늦깎이 대학생이 되는 날 뼈저리게 알게 되었다. 비록 운동선수로 보답을 해 드리진 못했으나 재능을 발견하여 관심을 가져 준 여러 선생님과 중·고등학교 체육 선생님이 그립다. 스승의 날만 되면 더더욱 그러하다. 미운 선생까지도.

암울한 청춘

'코로나19'가 우리 부부에게 공포를 안겨 주었다. 주기적으로 진료를 받으러 가야 하는 처지라 여간 걱정이 되는 게 아니다. 올 1월 우리나라를 방문한 중국인이 최초의 감염자로 확진되어 2월 중순까지 30명 수준에 머무르면서 소강상태를 보였다. 그러나 2월 하순 대구와 경북 지방을 중심으로 특정 종교 집단을 통해 감염자가 급증하면서 상황이 급변했다. 국민들의 눈이 온통 대구, 경북으로 쏠렸다.

연일 방송에서 떠들 때마다 대구에 사는 친구의 안부가 궁금하였다. 안부 전화 한 번 안 한 것이 마음에 내내 걸렸다. 어쩌면 전화를 안 한 것은 내 처지를 숨기고 싶었던 것인지도 모른다. 아무튼 그 친구는 파란만장한 삶을 살았으니 지혜롭게 잘 극복하리라 믿어 의심치 않았다.

그 친구는 2018년 12월에 새 식구를 맞았다. 이제 갓 10대를 벗어난 21살의 군 복무 중인 아들이 결혼식을 올렸다. 나보다 먼저 며느리를 들이는 친구가 너무너무 부러웠다. 이제껏 예식장에 참석한 이래로 뜨거워진 내 손바닥을 눈물 몇 방울로 식힐 수는 없었다.

부인도 여전히 고왔고 중학생인 딸도 고만한 아들이 있다면 며느리로 삼고 싶을 정도로 참했다. 참 대단한 친구이다. 갈등과 방황으로 정체성의 혼란을 겪으며 청소년기를 함께 보냈기에 나에게는 남다른 친구이다.

40여 년 전, 암울했던 그때로 되돌아가 본다.

고성방가, 시비 소란, 공무집행방해죄 등으로 판사 앞에 우리는 나란히 섰다. 직업이 뭐냐는 질문에 '재수생'이라고 답했다. 그럼 진학하고자 하는 대학이 어디냐는 물음에 나는 막힘없이 답했다.

"공고에서 화학을 전공했으니 J대학교 화학공학과를 목표로 열심히 공부하고 있습니다."

친구도 나도 각각 과태료 4,500원의 판결이 내려졌다. 의외로 가벼운 처벌이었다. 문제는 과태료를 법원에 납부하여야만 풀려날 수 있었다. 일찍 부모를 여읜 친구와 자주 말썽을 피운 나로서는 집에 연락할 수가 없었다.

과태료 납부를 포기하고 우리는 1일 1,500원을 가산하여 3일 동안을 교도소에서 복역하게 되었다. 재범 방지의 교화 목적인지는 몰라도 우리는 5대 강력범들만 수용하는 방으로 입소하였다. 당시 5대 강력범이란 살인, 강도, 강간, 방화, 특수절도를 지칭하였다. 다행히 그곳에서 평소 친분이 있는 어깨 형님들 덕분에 나름 특별대우를 받았다.

우리의 청춘은 그랬다. 가슴 아픈 사건들이 불현듯 환영에 시달릴 때는 애써 지우려고 머리를 흔들어야만 했다. 낭만이 아니고 아픔이었으니까. 우리는 화려한(?) 청춘을 뒤로하고 평범한 삶을 위해 고향을 떠났다. 나는 울산으로 그 친구는 대구로 갔다. 삼십 대 중반이었을 땐가 부인과 함께 울산 우리 집으로 찾아와 재회를 하였다. 이후로 만날 기회가 없다가 최근 몇 년 전부터 동창 모임이나 친구들 길흉사 때만 간간이 얼굴을 본다.

우리는 자주 연락하지는 않지만 서로를 응원하며 살고 있다는 것을 가슴으로 느낄 수 있다. 우리는 만나도 낱말로 말하지 않는다. 낱말로 말한다는 것은 머리로 말한다는 뜻이다. 우리는 머리가 아닌 가슴의 언어로 말할 뿐이다.

이제 우리는 할아버지가 되었다. 우리는 성장을 통해서만 배운 것이 아니라 실수를 통해서도 배웠다. 실수를 통해서 얻은 배움을 길잡이 삼아 산다면 엇 방향으로는 가지 않을 것이다. 그것이 지혜다.

우리 친구들 중 가장 먼저 운전면허증을 취득하여 평생 그것을 업으로 살고 있다. 대형 마트 직원들 출퇴근 기사 노릇과 관광버스를 몰고 있다. 그 친구는 가족의 소중함이 절실했던 만큼 가족들을 위해 술, 담배를 끊으면서까지 간절히 살아왔을 것이다.

신의 뜻을 저버리지 않은 걸작이라 생각하며 나는 두 손을 모았다. 친구도 나도 술은 끊었지만 언젠가 마주 앉아 가슴 아팠던 청춘을 술잔에 담고 싶다.

폭죽놀이

※ 이 글은 실제 사실을 픽션으로 가미한 글이다.

밤하늘에 높이 쏘아 올린 폭죽 터지는 소리가 요란하니 인근 상가의 네온사인 불빛이 일제히 꺼졌다. 마산역 광장에서 들려오는 함성이 비명이라는 걸 직감적으로 느끼며 폭죽놀이가 아니라 조명탄이란 걸 알았다. 공굴패들과 포장마차에서 술을 마시던 나는 걱정스러운 투로 내뱉었다.

"설마, 장화 신은 놈을 잡아가지는 않겠지? 구경이나 가자!"

일행들과 함께 계단을 성큼성큼 올라갔다. 앞장선 내가 광장에 첫 발을 내딛는 순간 몽둥이에 맞아 꼬꾸라지는 걸 보고 일행들은 혼비백산하여 도망을 쳤다.

"아이고, 나는 대학생 아니라 카이!"

나는 유리 창문이 온통 쇠창살로 둘러친 버스 안으로 배추 밭에 개똥처럼 내던져졌다. 군홧발에 찍힌 얼굴을 감싸 안으며 고통스러워하는 청년, 갈기갈기 찢어진 메리야스 사이로 비치는 젖가슴을 가리며 울부짖는 아가씨로 온통 아비규환이었다. 운동으로 다져진 나는 맷집만은 내로라하기에 코피만 흘렸을 뿐 다행히 큰 상처는 없었다.

커튼으로 가려진 유리 창문 틈새로 보이는 건 어둠뿐이니 폭죽놀이는 끝이 난 것 같았다. 잠시 후 베레모를 쓴 건장한 사내가 군홧발로 버스 안 바닥을 쿵쿵 밟으며 고함을 쳤다.

"전부, 목 뒤로 손 올리고 대가리 숙여!"

마구잡이로 끌고 온 사람들을 경찰서 건물 뒤에다 무릎 꿇리고 경매장에서 물건 선별 작업을 하듯이 하였다. 단순 구경꾼으로 보이는 노약자들은 조사 후 돌려보내고, 대학생이거나 조사가 필요한 사람들은 보호실이나 유치장으로 수감시키는 것 같았다.

그날 나는 공굴 작업을 마치고 작업복 차림에 장화를 신었으니 당연히 귀가 조치 될 것이라 기대하였지만 유치장으로 끌려갔다. 발에 신은 장화를 보여주며 대학생이 아니라고 해봤자 날아오는 건 군홧발이다. 경찰서 건물 지하에 있는 유치장은 반타원형으로 다섯 개의 방이 있다.

1번 방으로 끌려간 나는 모든 걸 체념하고 벽에 기대어 앉았다. 잠시 뒤 큰 소리와 동시에 모두들 마룻바닥에 쓰러졌다.

"각 방 취침!"

"씨발, 재수 없는 놈은 엎어져도 코가 깨진다더니……." 당최 잠이 오지 않았다. 새벽녘에 잠시 눈을 붙이자마자 째지고 칼칼한 목소리에 눈이 떠졌다.

"각 방 기립!"

"육 열 종대, 집합!"

"옆 사람의 어깨 위로 손을 올린다, 실시!"

"앞줄부터 번호 붙이며 앉는다, 실시!"

"하나, 둘, 셋, 넷, 다섯, 번호 끝!"

모든 게 일사천리였다. "유신독재 물러나라! 삼권분립 보장하라!"

어젯밤 그렇게 목소리 높이며 민주화를 외치던 투사들은 그곳에선 찾아볼 수 없었다.

철창 사이로 밀어 넣은 아침 식사는 콩과 보리, 반섞이 밥에 반찬은 소금에 절인 단무지 세 쪼가리와 된장 냄새만 약간 풍기는 멀건 국이었다.

"감사하게 먹는다는 복창과 함께 식사 시작!"

"감사하게 먹겠습니다!"

동작 빠른 나는 후딱 그릇을 비웠다. 아직 열댓 명은 반도 채 비우기 전이다.

"모두 동작 그만, 숟가락을 놓는다. 실시!"

"각 방 기립!"

"호명하는 놈들은 제자리에 앉는다."

호명이 거의 끝날 즈음에 내 귀를 번쩍이게 한 이름이 있었다. 1번 방에 수감된 나는 5번 방을 쳐다보는 순긴 경식이와 눈을 마주 했다. 어색하게나마 무언의 눈웃음을 나누었다.

경식이와는 고등학교 동창으로 절친한 사이였다. 그는 3년 내내 매혈 행위를 밥 먹듯 하였다. 1회에 3,000원의 대가를 받았다. 짜장면 한 그릇에 800원, 영화 관람비가 200~500원이었으니 매혈 한 번 하면 둘이서 알차게 보낼 수 있었다.

나는 잠시 그때를 회상하며 피식 웃었다. 학교에 가지 않고 매혈하여 받은 돈으로 짜장면을 사 먹고 영화관에 갔었다. 미성년자 관람불가인 『겨울 여자』였다. 대학 신입생인 여배우가 남성과 동침을 하는 장면에 푹 빠졌는데, 뒤에서 누군가가 은은하게 우리 둘의 이름을 불렀다.

"익아, 경식아?"

우리는 뒤도 돌아보지 않고 손을 흔들었다. 다가온 사람은 담임선생님이었다. 선생님은 우리 둘과 삼총사 중 한 놈을 추궁 끝에 경식이의 자취방으로 들이닥쳤다.

'친구야, 수업 마치고 와서 이 쪽지 보면 태양극장 2층으로 오너라!' 책상에 놓인 쪽지를 보고 영화관으로 우리를 잡으러 온 것이다.

"뭐라꼬? 태양극장 2층으로 오라꼬!"

양쪽 귀를 잡아당기며 선생님은 노발대발하였다. 다음 날부터 우리는 일주일 동안 교무실에 불려가 매일 반성문을 제출하였고, 친구들 사이에서는 겨울 여자로 불리게 되었다.

경식이가 대학을 진학하고부터는 우리는 한 번도 만난 적이 없었다. 그곳에서 그렇게 만날 줄을 서로 상상도 하지 않았을 것이다. 둘은 재차 쳐다보며 쓴웃음을 지었다.

"짜슥, 그렇게 힘들게 공부하여 대학을 갔으면 공부나 열심히 하지, 데모는 뭔 얼어 죽을!"

나는 이틀 만에 석방되었다. 경찰서 밖을 나오자마자 공중전화부스에서 다이얼을 돌렸다. 미용사로 일하는 자야는 공굴패들로부터 소식을 접하고 걱정을 많이 하였을 것이다.

"걱정 마이 했제? 미안타!"

자야는 눈물을 글썽이며 몸은 상한 데 없는지 배는 고프지 않은지 물어보았다. 나는 괜찮다며 역 광장 아래에 즐비한 포장마차 중 단골집에서 만나자고 하였다. 경찰서에서 역까지 꽤 먼 거리를 걸으면서 불과 이틀 사이에 세상이 많이 변한 것 같고 모든 게 낯설게만 느껴졌다.

자야가 나타나기 전까지 나는 공굴패들에게 이틀간의 영웅담을 안주 삼아 소주 서너 병은 족히 마셨다. 공굴패들은 내 말 한마디 한마디를 놓치지 않으려고 바짝 붙어 앉아 고개도 끄덕이고 박수도 보냈다.

"자, 우리의 민주투사 익이를 위하여 건배!"

자야가 포장마차 안으로 들어서니 모두들 박수로써 맞이하였다.

"우리의 민주투사 익이를 내조한 자야 씨를 위하여 건배!"

케이크에 꽂은 스무 개의 앙증맞은 초에다 불을 붙였다. 자야가 불을 후후 끄는 찰나 공굴패*들이 샴페인과 폭죽을 터뜨렸다. 순간 나는 깜짝 놀라 역 광장을 쳐다보았다. 이틀 전에 식겁한 폭죽놀이는 아니었다. 포장마차 지붕 위로 별들이 쏟아졌다.

"술 마시고 노래하고 춤을 춰 봐도 가슴에는 하나 가득 슬픔뿐이네, 무엇을 할 것인가 둘러보아도 보이는 건 모두가 돌아앉았네!"

내가 풀려난 지 얼마 후 유신정권은 무너졌지만 겨울 여자인 경식의 소식은 40년이 지난 지금까지도 알 수가 없다. 어느 하늘 아래에서든 잘 살고 있겠지?

---

*   **공굴패:** 공굴은 시멘트에 모래와 자갈, 골재 따위를 적당히 섞고 물에 반죽한 혼합물인 콘크리트(concrete)를 말한다. 요즘은 레미콘으로 작업을 하지만 당시에는 사람이 직접 혼합하였다. 즉, 공굴패는 콘크리트 작업을 하는 무리를 말한다.

코로나19

　신종 코로나바이러스 감염증(코로나19) 발생으로 인한 '사회적 거리 두기'가 꼭 정부 방침이 아니더라도 나는 신경 쓸 수밖에 없었다. 전염 확산의 기미가 보이자마자 아내를 통제하고 나 또한 철저히 예방에 전념하였다.

　장을 보러 시장에 가기 전 가마솥에 물을 가득 채우고 아궁이에 불을 지핀다. 장을 보고 오면 가마솥의 물로 샤워를 하고 거실로 들어가기 위함이다. 생활 속 거리 두기로 전환될 때까지 그리하였다. 가까이에 사는 딸과 사위, 외손자까지 방문을 허용치 않았을 정도였으니 내가 생각해도 보통 유별스럽지 않았다. 한 번 일이 꼬이면 굽질림은 곰비임비 식으로 이어지는 경우가 많다는 것을 육십갑자의 경험치로 잘 알고 있기 때문이다.

　지난 몇 년간 우리 부부는 한나절 이상을 떨어져 본 적이 없었다. 경조사 참석과 타로 수업 외에는 하루를 함께 보냈다. 단순한 일상으로 정원 가꾸기, 텃밭 일, 마을 뒷산에 갔다 오기, 낮잠 자기, 컴퓨터 하기, 텔레비전 시청이 전부였다. 아내는 밤잠을 한 시간여만 자다 깨기를 반복하며 거의 밤을 지새우다시피 한다.

　아내가 잠든 시간에 짬을 내 인터넷 수강으로 '가족상담사, 노인심리상담사, 분노조절상담사, 심리상담사, 타로심리상담사, 사주적성상담사, 풍수인테리어지도사' 자격증을 취득하였다. 나름대로 다

이유 있는 자격증들이다.

아내는 몸 상태에 따라 시시각각 마음이 변하기 일쑤이다. 어제 다르고 오늘 다를 때가 많다. 그렇다고 마냥 아내의 장단에 춤을 출 수는 없다. 나도 사람인지라 성을 낼 때도 많다. 그러고 나면 아내도 울고 나도 운다. 아내에게는 당근과 채찍의 두 가지 방법을 적절히 사용해야 했고 나는 성찰이 필요했다.

요즘에는 거의 다투지 않는다. 사실 거의 나 혼자서 성을 내기 때문에 다툼이랄 것도 없는 일방적 화냄이다. 강의를 듣는 내내 어머니 아버지에 대한 죄책감이 어깨를 짓눌러 왔다. 아내는 사사건건 큰 소리 친 남편으로 인해 가슴에 응어리가 얼마큼 쌓였을까. 아들딸은 분노조절 못하는 아버지로 인해 마음의 상처를 입지는 않았을까. 미안하고 부끄러웠다.

7개 수강 과목 중 가장 많은 시간을 할애한 과목은 '사주적성상담사'였다. 내 의지와 상관없이 일어나는 일발의 사건들이 숙명인가, 자유의지인가가 늘 꼬리표처럼 따라다녔다. 내 어머니 아버지는 삶은 숙명이라며 팔자거니 하고 살았다. 그러나 나는 자신이 선택하고 결정하는 자신의 의지력에 달렸다고 믿는다. 위대한 사상가들도 끊임없이 논쟁을 하였지만 명쾌하지는 않다. 입증할 수가 없으니 개인의 믿음에 따라 상호 배타적일 수밖에 없지 않은가.

아내 일로 점집을 찾으니 굿을 하라고 했다. 역술원을 찾으니 부적으로 액을 쫓으라고 했다. 믿을 수도 거부할 수도 없는 선택의 딜레마에 빠질 노릇이었다. 믿는 것도 거부하는 것도 찜찜함만 남을 뿐이지 않은가.

숙제를 풀기 위해 명리 연구에 매진했다. 어쩌면 평생을 연구해도 실마리나 해결책을 찾을 수 없다는 의구심이 들었다. 결국 내가 믿고 의지할 곳은 나 자신뿐이라고 한다면 교만 방자하다 할 것인가.

나는 의심할 수 있는 능력도 축복이라 생각한다. 그러나 점술가나 역술가, 특정 종교 지도자들은 우리더러 의심의 뿌리를 자르려고 한다. 허상을 믿도록 만들고 싶기 때문이 아닐까. 그들에겐 실체를 가릴 수 있는 가면 하나면 족할 것이다. 그렇다고 종교를 폄훼할 생각은 추호도 없다. 다만 인간은 신을 인식할 수 없다는 불가지론이나, 사물의 본질이나 궁극적 실재의 참모습은 사람의 경험으로는 결코 인식할 수 없다는 불가사의론에 고개를 끄덕일 뿐이다.

묵자의 『노문(魯問)』에 나오는 내자불가지(來者不可知), 즉 장래의 일은 알 수가 없음이다. 이런저런 깨침도 한계에 도달하면 또 다른 무언가가 가슴을 옥죄지 않을까 두렵기도 하다. 그들처럼 거짓의 껍질을 벗어버리지 못하고 가면을 쓰게 될까 겁도 난다.

병원 창문 너머 연분홍 접시꽃이 피고

아내는 봉선화가 참 예쁘기도 하단다.

접시꽃도 모르고 봉선화도 모르냐며

남편은 병상에 누워있는 아내를 나무란다.

병원 창문 너머 알록달록 물든 단풍

아내는 남편에게 단풍놀이 가잔다.

걷지도 못하는 주제에 뭔 단풍놀이

남편은 병상에 누워있는 아내를 비꼰다.

사색

　내 나이 쉰이 될 때까지 문학과는 어떠한 공통분모도 찾을 수가 없다. 초등학교 6년 동안 글쓰기는 방학 숙제로 쓴 일기장이 전부였다.

　'나는 오늘 방학 숙제를 했다. 그래서 힘들었다.' '나는 오늘 친구들과 놀았다. 그래서 재미있었다.' '나는 오늘 곤충 채집을 하였다. 그래서 즐거웠다.' '나는 오늘 썰매를 탔다. 그래서 신났었다.' 따위의 비슷한 서술의 서너 문장이 전부이다. 개학을 며칠 앞두고 한 달 치를 몰아서 쓰는 것이 나의 글쓰기 재주라면 재주였다.

　어머니께서 팔베개에 눕혀놓고 자장가 삼아 들려주었던 구전동화 몇 편, 글을 깨치고부터는 동화책 대신 만화책이 전부였다. 전래 동화와 이솝우화도 쉰이 넘어서야 접할 수 있었다.

　중·고등학교를 진학했어도 글쓰기와 따로 인연이 있었던 적도 없었다. 사실 중·고등학교라고 해봐야 졸업장 취득이 전부였다. 학교에 다닌다는 것도 막연한 의무감에 불과할 뿐이었다. 중학교 시절은 정작 실행도 못할 가출 계획만 짜다가 보냈고, 고등학교 시절은 입에 담기조차 남부끄럽다.

　그러니 나의 청소년기는 글쓰기와 연관 거리가 하나도 없다. 책이라곤 친구들이 들고 다닌 무협지 몇 권 읽은 것이 전부이다. 책과는 견고하게 담을 쌓고 보낸 청소년기였다. 직장인이 되기 전까지의 20

대는 또 어땠는가? 그냥 할 말이 없다.

삼국지를 3번 이상 읽지 않는 자와 인생을 논하지 말라거나, 10번 이상 읽은 자와는 논쟁을 하지 말라는 속설이 있다. 그 말의 의미를 짐작만 할 뿐 한 번도 읽어본 적이 없기에 체감온도는 약하다. 생전에 꼭 한 번 읽을지도 모르겠다.

로크는 "독서는 지식의 재료를 제공해 줄 뿐, 그것이 자기의 것이 되게 하는 것은 사색의 힘이다."라고 했다. 천 권의 책을 읽는 것이 아니라 천 가지의 생각을 하면서 그 속에서 삶의 지혜를 찾아야 한다고 했다. 중요한 것은 얼마나 읽느냐가 아니라 얼마나 생각하는 것이 아닐까 하는 말에 위안을 삼는다.

보통의 작가 지망생들은 어릴 때부터 남달랐을 것이다. 동화책 속에서 무한한 상상의 날개를 폈을 것이다. 청소년기에 진작 세계 명작이나 소설도 두루 섭렵했을 것이다.

가장이 되고부터는 급급한 삶이 문학과는 더욱 거리를 멀게 했다. 그 흔한 신문 구독도 한 적이 없다. 글쓰기의 기본이라는 사색은 사치에 불과했고 감정 이입에 빠질 여유조차도 없었다.

내 나이 쉰이 되자마자 일어나는 일련의 사건들이 내 숨통을 꽉 막았다. 힘들었다. 탈출구를 찾은 것이 공부였다. 낱말 하나하나가 어려웠다. 국어사전을 펼쳐 놓고 사전적 의미뿐만 아니라 낱말에 담긴 깊이를 이해하려고 사색에 빠졌다.

꽃과 나비와 새들과 이야기도 나누었다. 나무를 안으며 속삭이기도 했다. 별과 달과 구름을 따라 뛰기도 했다. 비 오는 날 우산도 없이 산길을 걸어 보기도 하였다. 장터에 운집한 사람들의 표정도 가슴에 담았다. 어머니가 내뿜는 가쁜 숨소리조차 귀를 기울여야 했다.

김종원 작가의 『사색이 자본이다』에서 사람은 크게 '생각하는 사람'과 '고민하는 사람'으로 구분하였다. 이들의 공통점은 자신이 모두 생각하며 살고 있다고 믿는다. 하지만 전자와 후자는 전혀 다른 삶을 살게 된다. 고민하는 사람은 자신이 생각하는 사람이라고 믿고 있지만 그의 생각은 진짜 생각이 아니라는 것이다.

'인생은 생각하는 만큼 성장한다'는 말도 있다. 흔히 현대를 정보의 홍수시대라 한다. 그러나 우리 인간은 그 많은 정보를 무작정 받아들이는 기계가 아니다. 하찮은 정보를 받아들이더라도 사색이라는 통로를 거쳐야 한다. 사색 없이 무작정 받아들인 정보는 쓸모없는 쓰레기에 불과하지 않은가.

일찍이 공자는 "배우기만 하고 생각하지 않으면 얻는 것이 없고, 생각하기만 하고 배우지 않으면 위태롭다."고 했다. 배움과 사색의 균형을 강조한 것이리라. 지식의 습득만큼 생각의 폭과 깊이도 확대해 나가야 성숙한 삶을 살 수 있을 것이다.

오늘도 나는 옛사람의 글을 읊조리며 생각을 한다. 그 깊이를 가늠하기엔 어림없는 일이긴 하나 빈곤한 내 상상력을 총동원하여 머리를 굴려본다.

정승과 말

'정승의 말이 죽은 데는 문상을 가도 정승 죽은 데는 문상을 안 간다.'

정승이 죽은 후에는 그에게 잘 보일 필요가 없으나, 정승이 살고 말이 죽으면 정승의 환심을 사기 위하여 문상을 간다는 뜻이다. 권력이 있을 때는 아첨을 하지만 권력이 없어지면 돌아다보지 않는 세상 인심을 비유적으로 이르는 속담이다. 예나 지금이나 한 치도 다를 바가 없다면 너무 비약한 표현인가. 사람의 한뉘가 이러하다면 죽어서도 너무 서글픈 신세이지 않은가.

나보다 한 달 늦게 입사한 팔방미인인 동료가 있었다. 운동도 잘하지만 잡기에도 능했다. 입사는 내가 선배, 나이는 내가 한 살 적어 서로 존대하면서도 친구처럼 가깝게 지냈다. 25년간을 인사이동에 따라 헤어지고 만나기를 반복하면서 사내 체육대회나 각종 행사에 참가하면 누가 먼저랄 것도 없이 서로 애타게 찾는 사이였다.

오십 줄에 접어들면서 그 친구는 포항, 나는 밀양에서 근무하면서도 자주 안부를 물어보는 두터운 친분은 변함없었다. 어느 날 그 친구가 아프다는 소식을 접했다. 대장암으로 휴직을 내어 아산병원에 입·퇴원을 반복하면서 연락이 끊겼다.

한참 후 퇴원하여 경주 집에서 요양한다는 사실을 우연찮게 알고 찾아갔다. 기어코 복직을 원하는 친구에게 밀양으로 지원하라고 했다. 며칠 후부터 나와 한 팀이 되어 근무를 하게 되었다. 기력이 쇠한 사람과 함께 근무하는 것을 다들 꺼려 내가 챙겨주지 않으면 안 될 처지였다.

달포가 지나자 나에게 속마음을 털어놓았다. 사실 복직을 한다는 것이 동료들에게 누를 끼칠 것 같아 사직서를 제출하려고 했었다. 그렇지만 평생직장이라 여기며 애환이 깃든 곳에서 며칠만이라도 동료들과 생활하고 싶었다고 했다. 이제는 떠날 때가 되었다고 하면서 명예퇴직을 해야겠으니 도와달라고 했다.

명예퇴직을 하고 얼마 후 그 친구는 멀리 떠났다. 한걸음에 달려갔지만 먼 길 떠나는 친구에게 마지막 배웅도 못 하고 내려왔다. 회사에 출근하자마자 부인에게 건네받은 예금통장 계좌번호를 경조사 게시판에 올렸다. 조의금을 전하고자 하는 많은 동료들의 문의 전화가 있었기 때문이다.

장례를 치른 며칠 후 부인에게서 전화가 왔다. 나에 대한 감사의 인사와 함께 조의금으로 위로의 마음을 전한 동료들의 연락처를 물어왔다. 조의금을 전한 이들이 많을 것 같아 메모지와 펜을 준비하고 호명을 부탁했다. 순간 나는 단 몇 초 만에 쇠망치로 퍽 두들겨 맞으며 잠시 정신을 잃었다. 단 세 명뿐이었다.

"에라, 잘 먹고 잘살아라!"

전화를 끊자마자 내 입에서 욕이 나왔다. 울산에서 젊음을 고스란히 함께 한 동료들은 어느 하늘 어느 곳에서 잘 먹고 잘사는지 궁금했다. 하물며 바로 얼마 전까지 밀양에서 함께 한 가까운 동료들조차 입을 닦았으니 누굴 탓하랴.

그곳이 너무 싫어 그해 나도 명예퇴직을 했다. 동료들의 아쉬움과 격려 그리고 몇 차례의 송별주를 받았지만 여전히 찜찜함이 남는 송별식이었다.

가까운 동료의 죽음으로 인해 생긴 상처가 쉬이 아물지 않았다. 이후로 직장 동료들과는 일체 연락을 끊고 살았다. 간간이 옛 동료들에게 전화가 와도 의도적으로 받지 않는 이 트라우마가 언제쯤 치유가 될까.

딸의 결혼식을 초등학교와 고등학교 동창들에게만 알렸다. 결혼식 때 의외의 축하객들이 왔다. 교사인 초등학교 동창이 내 지인 중 같은 학교 교사에게 알려주었고, 그 선생은 또 다른 지인들에게 알려주면서 벌어진 일이었다.

며칠 후 식사 자리를 마련했다. 줄곧 서운하다는 그분들에게 변명의 여지는 없었다. 하나같이 다들 연락 안 한 이유를 궁금해했다. 머리를 긁적이며 멋쩍게 이유를 댄다고 댄 것이 당신들의 자녀가 아직 어리니 내가 빚을 갚을 기회가 없기 때문이라고 했다. 참 말도 안 된다며 쓴소리만 실컷 들었다.

사실은 직장 동료의 죽음으로 인한 트라우마라고 고백했다면 다들 얼마쯤은 고개를 끄덕였을까? 아무튼 이제는 아내가 건강을 찾으면 나 또한 건강한 정신으로 세상살이에 다시금 합류하여야겠다.

해운대 연가

  몇 년 전, 손아래 동생이 췌장암에 걸렸다고 충격에 휩싸인 친구에게 위로의 말도 전하지 못했다. 그리고 나서 동문 체육대회에서 형의 친구들에게 깍듯이 인사를 올려도 나는 격려의 말도 아끼고 말았다. 영정 사진 앞에 무릎을 꿇으니 막냇동생의 얼굴과 겹쳐졌다. 아직껏 가슴속에 박힌 옹이가 살점을 도려내는 듯 아렸다.

  울음을 참느라고 눈자위가 충혈된 친구와 마주 앉았다. 떨린 목소리로 이야기하는 친구의 말만 가만히 듣고 있었다. 평소 바다를 좋아했던 동생은 유골을 바다에 뿌려주기를 유언했다고 했다. 그 말에 울컥 친구도 나처럼 박힐 옹이를 생각하니 독한 소주로 삭이고 싶었다. 10년 전 내 막냇동생이 떠나는 날 친구는 참 서럽게도 마음 아파하며 나를 위로해 주었기에 그러한 심정은 더했다.

  친구의 등 뒤로 그의 아내가 부산하게 움직이는 모습이 유리창에 비쳤다. 친구는 아내를 불렀다. 내 곁에 와서도 나를 몰라보는 눈치라 마스크를 벗는 순간 손바닥으로 입을 가리며 깜짝 놀라는 표정을 지으며 이내 눈시울을 붉혔다. 모르는 사람이 보면 오해할 만한 품새였다.

  첫마디가 내 아내의 안부였다. 친구 부인들 중 유별나게 친하게 지내는 사이라 더 했을 것이다. 잘 지내고 있다고 대답하면서도 내 머릿속은 복잡했다. 파킨슨병 그 이상의 건강 상태를 아는 것이 아닐까 하는 의구심이 들었다. 그렇지 않고서야 눈시울까지 붉히며 안부를 궁금해하였을까.

사실 아내의 파킨슨병은 주변 사람들에게 밝혔지만 암 투병에 관한 이야기는 집안사람들 외에는 알리지 않았다. 아내는 죽음의 문턱에서 몇몇 고향 동무들에게 죽기 전에 보고 싶다는 문자메시지를 보냈다. 그 몇몇 고향 동무 중 한 명이 친구와 부부 모임 일원이기 때문에 혹시 알 수도 있겠다는 어렴풋한 짐작만 했다.

아내의 암 투병을 애써 숨기려고 한 것은 아니지만 일분일초도 남들과 그 문제로 이야기를 나누기가 싫었다. 좀 솔직히 말하자면 아내를 그 지경까지 만든 책임이 온통 나에게 쏟아질 질타가 두려웠는지도 모른다.

2018년 태풍 솔릭이 떠나자마자 연이틀 눈물비는 쏟아지고 우레도 울고 너도나도 울었던 일이 있었다. 가까운 친구의 부인이 모르핀에 몸을 맡긴 채 긴 이별 여행을 떠날 채비를 하고 있었다. 슬픔, 괴로움, 행복했던 순간들을 여비 삼아 여행을 떠난다며, 남편에게는 자식들 돌본 후에 천천히 오라고 했다. 그렇게 떠날 채비를 마치자마자 검푸른 바닷빛 닮은 어스름에 노랑나비가 되어 날아갔다.

파킨슨병으로 투병 중인 내 아내는 정신적 충격이 컸다. 어디 보통 사이였던가. 남편들의 모임에서 만난 사이라 하더라도 미운 정 고운 정이 겹겹이 쌓인 세월이 반평생이나 되었으니 오죽했겠는가. 기어코 나를 따라나서는 아내도 작별 인사차 장례식장을 찾았다.

이듬해 아내가 암 진단을 받는 순간 덜컥 겁이 난 것은 노랑나비가 되어 떠난 친구 부인이 떠올랐기 때문이다. 나이로 본다면 일곱의 부인들 중 아내는 맏이였고, 떠난 친구 부인은 막내나 다름이 없다.

부인들 중 제일 젊고 건강한 사람이 그렇게 황망히 떠났으니 아내의 심리적 불안감은 더했다. 친구 부인은 내 어머니 아버지가 계신 옆방에 안치되어 있다. 언젠가 어머니와 아버지, 막냇동생을 만나러 갔을 때 유채꽃에 앉은 노랑나비 한 마리에게 내 아내를 꼭 지켜 주기로 다짐을 받았다.

문상을 마치고 돌아오는 내내 먼저 떠난 이들이 너무도 그리웠다. 가족보다 더 짠하게 내 아내의 안부를 궁금해하는 친구 부인이 내 콧등을 시큰하게 했다. 참 고마웠다. 다음 날 이른 아침, 친구의 동생은 바다가 좋아 해운대로 떠났다. 그리울 때마다 해운대 연가를 노래하며 난바다까지도 사랑하게 될 친구를 생각하니 가슴이 저미어 왔다.

모차르트 신앙

음악의 신동, 천재, 자유로운 영혼의 소유자인 모차르트는 서른다섯 해 짧은 생애였지만 위대한 업적을 남긴 작곡가였다.

'나를 보고 모차르트인 줄 알았다니' 과히 기분 나쁘지 않은 농이다.

초등학교 여자 동창이 며느리를 보는 날 나에게 한 말이다. 그 친구는 결혼 후 줄곧 대전에서 살고 있는지라 동창 모임에서는 하늘의 별 따기만큼이나 보기가 어렵다. 그렇지만 내게 좋은 일 궂은일이 있을 때마다 잊지 않고 부조를 했다. 그럴 때마다 보은의 기회를 주지 않으면 큰일 날 듯이 엄포를 놓았다.

혼주에겐 초등학교 때부터 줄곧 가깝게 지내는 삼총사가 있다. 삼총사 중 한 명이 나오는 막역한지라 수시로 보은할 기회를 놓치지 않게끔 다짐을 주곤 하였다. 그렇게 결혼식 연락을 받고 무슨 일이 있어도 참석하겠다고 했다. 혼주의 집과 가까운 곳에서 군 복무 중인 아들과 연락을 취했다. 결혼식 참석차 대전에 가니 아들이 외출을 나오든지 내가 면회를 가든지 하자고 약속을 했다.

대전으로 출발하는 아침까지도 아들을 만날 거라고 일말은 기대를 했다. 설마 했는데 코로나의 위력은 대단했다. 진 장병들에게 외출, 면회, 휴가 금지령이 내려졌다. 처음에는 열차나 고속버스를 타고 가려고 했지만 코로나가 신경 쓰여 승용차를 몰고 갔다. 직장 다닐 때

본사가 대전인지라 퇴직하기 전까지만 하더라도 수도 없이 다녔던 길이다.

주차할 곳이 마땅찮아 이리저리 헤매다 조금 늦게 성당에 들어서니 벌써 예식이 시작되었다. 혼배 예식은 엄숙하였다. 성당에서 치르는 예식이 낯설기는 하지만 신랑 신부의 은총을 위해 진심으로 기도했다.

삼총사 중 두 명의 여자 동창과 성당 잔디밭 파라솔 의자에 앉아 다과를 즐기며 환담을 하고 있었다. 혼주 부부가 우리를 발견하고 자리로 왔다. 나를 흘깃 쳐다보고도 몰라보는 모양새다.

"기익이 친구는 안 왔어?"

머리가 봉두난발에다 마스크까지 쓰고 있으니 그럴 수도 있겠다 싶었다. 평생 스포츠머리인 일명 깍두기 머리가 내 트렌드 마크였으니 몰라볼 수밖에 없었을 것이다. 혼주가 인사차 자리에 왔는데 마스크라도 벗고 인사를 하는 게 도리이나 코로나 잘못으로 돌렸다.

사실 결혼식에 참석하기 전 머리카락을 자를 것인가, 아님 단정하게라도 손을 좀 볼 것인가 며칠을 고민했다. 평생 내 머리를 남에게 맡긴 적이 없다. 미용사인 아내를 만나기 전까진 이발사였던 아버지가 내 머리를 만졌다. 지금은 아내의 처지가 그러니 내 머리를 손볼 수가 없다. 그렇다고 아내 아닌 다른 사람이 내 머리를 만지는 것은 죽도록 싫었다.

삼총사 중 한 명이 나에게 의아하듯이 궁금증을 가졌다. 아무리 생각해도 밀양에서 대전까지 축하하러 올 만한 연결 고리를 찾을 수 없다는 눈치였다. 그냥 대단하다고 말하는 그 친구에게 씩 웃고는 말았지만 내심으론 "그것이 내 신앙이다."라고 답하였다.

아내가 항암 치료 기간 중에 고교 친구가 암으로 세상을 떠났다. 그때도 문상을 했다. 아내가 방사선 치료 기간 중에 고교 친구 아버지가 세상을 떠났다. 그때도 문상을 했다. 딱 한 번 문상을 못한 적이 있다. 항암 치료 기간 중에 잠시도 아내 곁을 떠나면 안 되는 상황이 있었다. 부조금조차 전하지 못한 것이 지금도 마음의 빚으로 남아 있다.

길흉사뿐만 아니라 동창 모임도 적극적인 나는 오지랖이 넓은 것이 아니다. 그것이 내 신앙이라고 한다면 천주교 신자인 그 친구는 고개를 갸웃할지도 모르겠다.

사실 초등학교 때는 그 삼총사와 이야깃거리가 하나도 없다. 당시 두 반뿐인 시골 학교라 보통은 1학년 때 같은 반이면 줄곧 같은 반이었다. 4, 5학년 때는 남학생과 여학생을 분리하여 반을 나눈 적도 있었다. 6학년이 되면서 다시 남녀 혼합이었으나 셋 다 나와는 같은 반이 된 적이 한 번도 없었다. 두 명은 전학 온 친구였으니까 더 이야깃거리가 없다.

머리카락이 자랄수록 머리끝이 곱슬머리처럼 돌돌 말려 올라가니 거울 속에 비친 모습이 모차르트를 닮긴 닮았다. 모차르트 특유의 강렬함이 느껴지는 붉은색 슈트를 입고 카리스마 있는 모습으로 변신할까 보다. 그 모습으로 뮤지컬 모차르트 관람을 상상하니 피식 쓴웃음이 나왔다. 꼭 바보 같다.

여보시오 농부님

내 말 좀 들어 보소

에헤요 디야

허리 굽혀 심어 보세

에헤요 디야

한 줄 심고 허리 펴세

질척질척 춤추며

구성진 노랫가락

흐뭇흐뭇 품앗이

노동이랄 수 없소

여보시오 농부님

올해 농사 풍년일세!

터널

느닷없이 한의원에 가서 쑥뜸을 받고 싶어 하는 아내에게 사흘만 다시 생각해 보라고 했다. 담당 의사의 당부 중 첫 번째가 침이나 쑥뜸을 하면 안 된다고 했는데도 자꾸 눈길을 그쪽으로 돌리려고 한다. 요즘 들어 다리에 힘이 빠지고 잠을 잘 때 시리고 아려 잠에서 자주 깨는 탓이기도 했다.

파킨슨병과 악성림프종, 두 마리 토끼를 잡기가 쉽지 않다는 걸 아내도 잘 알고 있을 터이지만 오죽하면 그럴까도 싶다. 나는 아내를 설득하는 대신 장마 기간이라 언제 폭우가 쏟아질지 모르지만 길을 나섰다. 며칠 전 팔공산 갓바위에 다녀올 요량으로 26만 킬로미터를 달린 나의 애마에게 오일도 갈아주고 이것저것 점검을 받았다. 빗길을 달릴 수 있다는 걱정에 타이어도 교체하였다.

저물녘에 청도 휴게소를 지나니 세찬 비가 쏟아지기 시작했지만 멈출 수는 없었다. 코로나가 아니었으면 아내가 힘들어할 때마다 몇 번이고 찾았을 것이다. 주말 저녁인데도 갓바위 주차장에는 의외로 차들이 없었다. 기축년 마지막 밤과 경자년 새해를 맞이할 때도 내 예상과는 달리 수많은 인파가 몰린 곳이었다. 코로나 때문인지 날씨 때문인지는 몰라도 초입 길부터 인기척조차 없었다.

머리 위로는 검은빛 어둠이 깔렸다. 나무들이 빗물 흠씬 밴 몸을 서로 부딪치며 내는 소리, 계곡에서 흘러내리는 물소리와 굵은 빗줄기가 힘겨루기를 하듯이 요란스러웠다. 그런 와중에도 얼마나 배가 고팠으면 다람쥐 한 마리가 썩은 도토리를 앞발과 주둥이로 감싸 안고 내 앞에서 얼쩡거렸다. 발걸음을 잠시 멈추고 숨 고르기를 하는 동안 이내 사라졌지만 인기척 대신 반가운 녀석이었다.

저만큼에서 할머니 한 분이 느릿느릿 걸어가는 모습이 보였다. 우산을 쓴 나와 달리 우의를 입고 지팡이를 짚으며 올라가는 품새가 갓바위를 자주 찾는 분일 것이다. 아기를 업은 듯이 등에는 뭔가를 짊어진 것 같은데 부처님께 바칠 공양이 아닐까 어림해 봤다. 할머니를 통해 갓바위 계단은 뭇사람들의 사연과 눈물과 염원이 녹아있는 길이란 걸 새삼 느꼈다.

관봉 꼭대기에 도착하니 여전히 빗소리만 들릴 뿐 기척이 없으니 인간 세상 같지 않았다. 마누라 살려주니 통 발걸음도 안 한다고 죽비로 내려칠까 좀 겁이 났지만 부처님의 표정은 여전히 웃음 띤 얼굴이었다. 그래 잘 왔다며 다독여 줄 것도 같았다. 상처받은 사람들을 다 품어 안는 듯한 인자함이 꼭 돌아가신 외할머니를 떠올리게 하였다. 외할머니는 외손부인 내 아내를 유독 사랑하였기에 더 그리 느꼈을까. 흐느낌도 빗소리에 묻히고 눈물도 비에 씻기며 108배를 하고 나니 외할머니가 내 어깨를 토닥여 주는 것만 같았다.

흠씬 비에 젖은 지폐 한 장을 불전함에 넣고 돌아서면서도 부처님과 독대를 한 자리가 믿기지 않았다. 쉽지 않은 일이었다. 언제고 또 그런 날을 바란다면 욕심이라 부처님께 혼이 날 터이지만 폭우가 내리는 날 다시 찾을 것을 작정하였다.

관봉을 에워싼 산들이 물안개에 묻히지 않으려고 몸부림을 쳤다. 빗줄기는 여전히 숲을 건드리며 안개를 불러일으키고 이내 빗줄기가 약해졌다. 저 아래 세상은 운무에 가려져 천상에 두둥실 떠 있는 기분이었다. 한 발 한 발 내디딜 때마다 약사여래불을 되뇌는 발걸음이 거볍게 느껴졌다. 작년에 다급했던 심정은 간곳없이 여유롭게 발길을 떼었다.

얼마쯤 내려가니 아까 내 앞에서 느릿느릿 걸어가던 할머니가 이제야 거의 다 올라오고 있었다. 무슨 사연을 안고 관봉을 오르는지는 몰라도 할머니의 염원을 부처님께서 들어주시기를 빌었다.

약해지던 빗줄기가 고속도로를 올리자마자 강해졌다. 와촌 터널을 들어가니 관봉 꼭대기에서 느꼈던 별천지처럼 터널 안은 딴 세상이다. 일부러 속도를 늦추었다. 그동안 나는 터널을 빨리 빠져나가려고 발버둥을 많이 쳤다. 때로는 바깥세상보다는 터널 안이 안전하다는 것을 장대비가 쏟아지는 순간의 깨달음이다.

터널 안이 피안(彼岸)이라면 저 밖은 차안(此岸)일 터이고, 터널 안이 차안이라면 저 밖은 피안일 터이다. 차안에서 피안의 시공간을 잠시 넘나들며 '안'과 '밖', '여기'와 '거기'가 둘이 아니고 마음먹기에 달렸다는 것을 깨달았다. 끊임없는 참선을 통해 육신을 맑혀도 겨우 도달할까 말까 한 해탈의 세계를 터널 안에서 깨달음이라니 언감생심도 유만부동이다.

아무튼 지금 아내는 터널 안을 지나고 있다. 좀은 답답해도 느릿느릿 관봉을 오르는 할머니처럼 한 발 한 발 내딛어야만 했다. 그러면 곧 자우룩한 운무가 걷히고 다시 돋을 볕이 눈부신 길 위에 아내를 세울 것이다.

청초한 분홍바늘꽃

네가 내린 씨앗 한겨울 보내라

만지면 부서질까 불면 날아갈까

바삭 웅크린 마른 몸이 애처롭구나

고상한 겹삼잎국화꽃

네가 내린 뿌리 한겨울 보내라

겨울비에 파일까 추위에 얼까

어정쩡 구부린 꽃대가 안쓰럽구나

청초한 분홍바늘꽃이여!

고상한 겹삼잎국화꽃이여!

하얀 무지개 타고 훨훨 날아라

지난 한 해 참 은혜로웠다.

가을은 시를 타고

올여름 장마는 1973년 기상관측이 전국으로 확대된 이래 가장 긴 54일을 기록했다. 유례를 찾기 힘든 전국적 집중호우로 42명이 숨지거나 실종됐고 8천여 명의 이재민이 발생했다고 했다. 장마가 끝나니 폭염, 불볕더위, 찜통더위, 가마솥더위, 열대야 증후군 따위의 여름 무더위에 빗댄 수식어가 어김없이 등장했다. 그러한 상황인데도 아내와 나는 산행을 갈 수 없어 안달이 났다.

아내는 산행 대신 집 주변에서 땀을 흘리기로, 나는 시(詩)에다 온몸을 담그고 여름을 보내리라 작정을 하였다.

시 속에 푹 빠져버린 나는 서정주의 「영산홍」에서 영산홍처럼 작고 앙증맞은 소실댁은 진홍색 빛깔을 띤 자색을 지닌 고운 여인이다. 이 여인을 '산 너머 바다 보름사리 때 소금밭이 쓰려서 우는 갈매기'라 표현했다. 이 여인의 고독한 삶을 표현한 함축적 의미이다. 리처즈는 이것을 포괄의 시라고 명명한다.

내가 좋아하는 김억의 「오다가다」를 경험의 편향성이 보인다고 배제의 시로 본보기를 삼은 것은 유감스러웠다. 그렇지만 현대 시에서 언어는 보다 종합적이며 포괄적인 것이어야 한다고 하니 마음을 삭일 수밖에 없다.

김소월의 「산유화」에서 저만치 혼자서 피어 있다는 '저만치'라는 거리는 얼마나 될까? 참 애매하다. 손가락으로 가늠해 봐도 애매하긴 여전하다. 우리는 살면서 참 애매한 경우가 많다. 사랑에 대한 질문과 대답 그리고 선택 따위로 애매모호한 것을 여실히 만난다. 뭐든 애매모호한 걸 아주 싫어하는 성격의 소유자들은 시를 이해하기가 쉽지 않을 것이다. 엠프슨은 애매성이야말로 시의 특성이며 중요한 자산이라고 한다.

앨런 포는 시를 미(美)의 운율적 창조라고 규정한 바 있다. 프랠은 운율을 보거나 들을 수 있는 것이라기보다는 차라리 느껴지는 것이라고 말한다. 시를 타고 가을이 올 때쯤이면 나도 느낄 수 있으리라.

김영랑의 「돌담에 속삭이는 햇발」에서 비단도 그냥 비단이 아닌 실비단 하늘을 바라보니 보드레한 에메랄드가 얄게 흐른다. 시인은 '얇다' 대신에 '얄게'라는 울림 좋은 어휘를 사용하였다. 나도 「동백닢에 빛나는 마음」처럼 울림 좋은 시를 쓸 수 있으려나 모르겠다.

사람들은 흔히 "나만큼 산전수전 다 겪으며 힘들게 살았을까?"라며 소설을 써도 몇백 권은 썼을 거라며 소설 속의 주인공이 되는 양 착각을 한다. 나도 자유로울 수가 없다. 자신의 슬픔에는 눈물샘이 터져도 남의 슬픔에는 눈물이 메마르기 때문이다.

정지용은 「유리창 1」에서 폐렴으로 잃은 자식의 슬픔에도 감정 표출이 극도로 절제되고 세련되어 있다. 도리어 내 눈물샘이 터지면서 아팠다. 막냇동생이 떠난 다음 해는 어머니 또 다음 해는 아버지가 떠났기에 더 그런지도 모른다. 정지용 시인은 상처 입은 자신의 자아를 달래기 위해 홀로 유리를 닦았지만 나는 시집을 펼쳐 들었다.

무더위도 한풀 꺾였을 때쯤 백석의 「나와 나타샤와 흰 당나귀」라는 시 한 편을 아내에게 읊어주었다. 조폭같이 생긴 나와는 전혀 어울릴 것 같지 않았지만 아내는 마냥 좋아하였다. 내가 아내를 자야라고 불렀던 것처럼 백석은 사랑했던 여인인 기생 김영한을 '자야'라고 불렀다. 훗날 자야는 요정 대원각을 조계종에 시주했다. 그걸 허물고 큰 절을 지은 것이 길상사이다. 한 기자가 "천억 상당의 대원각을 시주할 때 아깝지 않았습니까?"라고 물었을 때 "그 재산 다 합쳐도 백석의 시 한 줄 값도 안 된다."는 유명한 일화를 남겼다.

주춤거렸던 장맛비가 다시 시작되는 날 박인환의 「목마와 숙녀」를 낭독하는 날은 매운 풋고추 썰어 넣은 부추전과 막걸리를 대접받았으니 그런 호사가 어디 있겠는가. 아내가 좋아하는 정지용의 「향수」를 낭송해주기 위해 밤새 읊고 또 읊었다. 결코 매운 부추전과 막걸리가 그리워서가 아니었다.

내가 시를 읊는 것은 내 마음을 다잡기 위해서이다. 비록 외모와는 어울리지 않아도 윤동주 시인의 「서시」처럼 별을 노래하는 마음으로 모든 죽어가는 것들을 사랑하면서 심성 착한 이로 살고 싶다. 산골로 가는 것은 세상한테 지는 것이 아니고 세상 같은 건 더러워 버리는 것이라는 백석처럼 살고도 싶다.

서정주는 '한 송이 국화꽃을 피우기 위해 봄부터 소쩍새는 그렇게 울었고, 천둥은 먹구름 속에서 또 그렇게 울었다'고 했다. 올여름 내내 내 마음속에도 소쩍새도 울었고 천둥도 그렇게 울었다.

주말이면 북적대던 냇가에 물놀이 하는 사람도 사라졌다. 아침저녁으로 선선한 바람이 불기 시작하니 매미도 어느덧 자취를 감추었다. 혹독한 불볕더위 속에서도 가을은 시를 타고 왔다. 때 묻은 내 마음을 윤동주의 「참회록」처럼 파란 녹이 낀 구리거울을 손바닥으로 빡빡 문지르고 닦을 것이다.

단풍잎 사이 가을 햇살

눈썹에 파란 물감이 들어

두 손으로 가린 하늘

손등에 빨간 물감이 묻어나고

지우고 지워도

손바닥에 흐르는 보랏빛 물결

못다 한 이야기

죽지 않고 살아주어 고맙다

이선자(아내)

　남편의 이 말 한마디가 내 가슴을 저미어 눈물이 쏟아졌다. 내가 살아온 세월이 조금은 위안이 되었다. 남편이 짜증을 낼 때는 난감했던 적도 많았다. 정원과 텃밭에 돋아난 잡초를 그냥 지나치지 못하는 내 성격이라 호미 들고 나서면 꼭 한소리를 했다. 남편 눈에는 내가 하는 모든 일이 군손질이라고 투덜거렸다.

　잡초는 다 뽑아야 한다는 것이 내 나름의 철학이다. 또한 나의 유일한 놀이터인 정원과 텃밭에서 무럭무럭 자라는 꽃들과 채소들을 가꿀 때마다 삶의 희망을 품기 때문이다. 그것이 내 작은 행복이다. 내가 자주 아프다고 그것마저도 남편이 못하게 하니 속상하고 슬펐지만 한편으론 고맙기도 했다.

　악성림프종 진단을 받아 담당 의사가 살 확률이 50%라고 할 때까지도 죽음을 실감하지 못했다. 1차 항암 치료를 마치자마자 죽음의 공포감이 밀려왔다. 남편에게는 애써 불안한 마음을 감추었지만 내 주변 정리를 해야겠다는 생각이 들었다.

　집에 들어서자마자 옷장부터 정리하였다. 웬만하지 못한 옷은 과감히 버리고 가장 아끼는 무용복도 지인에게 주었다. 이제는 무용복 입고 무대에 서는 것도 한낱 희망 사항에 불과하다는 것을 깨달았기 때문이다. 북과 장구는 파킨슨병으로 손이 떨려 진즉에 지인들에게 나눠주었었다. 이제는 내가 아끼는 것이 하나도 없다.

어릴 적 동무들이 보고 싶었다. 보고 싶은 친구들에게 문자메시지를 보내거나 전화 통화를 했다. 죽기 전에 꼭 한번 보고 싶다고 하니 남해에서 마산에서 친구가 다녀갔다. 사실 친구가 다녀가기 전까지는 내가 살아 있을 거라고 생각하지 않았다.

항암과 방사선 치료를 다 하고 나니 그 후유증은 어마어마했다. 몇 번이고 삶의 끈을 놓아버리고 싶었다. 딸도 그만하면 됐고, 아들도 그만큼 공부시켰으니 됐고, 남편이야 사막에 혼자 내버려 두어도 살아갈 사람이니 죽어도 여한은 없었다.

어느 날부터 살 수 있겠다는 희망이 생기기 시작했다. 남편과 동네 뒷산으로 기력이 되는 한 산행을 나섰다. 산딸기와 두릅도 따고 고사리도 꺾고 도라지와 더덕도 캤다. 산나물을 뜯어 나물로 무치거나 전으로 부쳐 먹었다. 때로는 살짝 데쳐서 믹서로 갈아 마시기도 했다.

남편의 정성에 하늘도 감동했는지 조금씩 몸이 회복되고 있다. 나는 자다가도 몸이 시리고 아리면 벌떡 일어나 달밤에 체조하듯이 운동을 한다. 지금도 여전히 한곳이 나을만하면 또 다른 곳이 아프긴 하다. 그렇지만 놓으려고 했던 삶의 끈을 꼭 붙들어야 한다는 것을 깨달았다.

기적은 그냥 오는 것이 아니다. 스스로 만들어 가는 것이라고 입버릇처럼 말하는 남편 말을 믿기 때문이다.

도라지 춤과 아리랑 부채춤

직장에서 은퇴한 남편과 밀양의 전원주택에서 텃밭을 일구며 약간의 여유로움을 즐기며 사는 50대 후반의 전업주부이다. 몇 년 전까지만 하더라도 상상조차 할 수 없는 삶이라 호사스럽다는 생각까지도 한다.

밀양의 3대 오지마을로 불리는 산골에서 암 환자인 시어머님과 치매 환자인 시아버님을 모시고 살았다. 시부모님이 돌아가신 뒤부터 스스로의 활력을 되찾기 위해 자기계발을 결심한 것이 우리나라 전통 춤사위와 풍물놀이다.

그동안 여성회관·복지관·국악원을 기웃거린 지 수년이 되었다. 그러나 인구가 10만여 명의 농업도시인 밀양은 대도시에 비하여 그러한 교육적·문화적 환경이 다소 부족한 점이 많다. 재작년부터 부산대학교 평생교육원 밀양캠퍼스에 전통 춤사위 관련 강좌를 수강 신청하였으나, 신청자 부족으로 수강이 취소되기가 일쑤였다.

2017학년도 1학기는 여성회관·복지관·국악원의 지인들에게 권유하여 함께 수강 신청을 하였다. 그토록 바라던 부산대학교 평생교육원 밀양캠퍼스에서 3월 8일부터 6월 21일까지 매주 수요일 저녁 시간에 수강을 받을 수 있었다.

모진 풍파에도 꽃 피우는 뛰어난 생명력의 도라지, 고난 속에서도 긍지를 지켜내며 찬란한 문화유산을 꽃 피운 우리 민족의 모습을 형상화한 도라지 춤. 우주 만물이 끊임없이 회생하는 삼라만상의 진실과 일상적 흐름의 윤회를 주제로 하는 부채춤인 우리 전통 민요인 아리랑의 가락에 맞춰 추는 아리랑 부채춤.

강사님께서 춤사위는 일상의 몸짓이 사회적 현상을 뼈대로 하여 상징적으로 나타난 몸의 율동적인 움직임. 즉 나름대로의 보편적 몸짓이 역사의 흐름과 함께 예술적으로 승화되어 나타난 삶의 구체적 몸짓이라고 강조하신다. 일반 문화센터와 달리 체계적 학습 시스템, 풍부한 콘텐츠, 열정이 녹아있는 강사님의 지도는 무한한 신뢰와 만족감을 안겨주었다.

15주간의 수강 기간 동안에 수강생들끼리 쌓은 도타운 정을 평생 잊지 못할 것 같다. 시외 지역에 위치한 밀양캠퍼스는 교통편이 불편하다. 승용차 한 대로 남편과 번갈아 이용하는 나는 부득이한 경우가 생길 때는 평생대학원 수강생들께 도움을 요청한다. 그러면 누구랄 것도 없이 먼저 선뜻 태우러 온다.

밀양 지역에서 월 1~2회 춤사위 출연으로 재능 기부 봉사 활동을 하는 나는 여러 봉사단체에서 출연 요청을 받는다. 그럴 때마다 새로운 춤사위를 선보이고 싶은 욕심이 생긴다. 얼마 전 평생대학원 수강생들과 함께 요양원과 밀양구치소에서 각 1회 출연을 하였다. '도라지 춤과 아리랑 태극 부채춤'을 선보여 호응도가 높으니 자존감까지 생긴다.

예로부터 우리 민족은 한(恨)을 소리나 춤으로 표출하였다. 이것은 복수가 아닌 긍정적 효과를 창출하고 이겨내고 있기에 우리 고유의 정서인 '한국적 한'이라고 표현을 할 수 있다. 원한으로 맞서지 않고 고통스럽지만 온몸으로 견디면서 타인을 용서함으로써 한을 승화시키고 있다.

한이 맺히고 쌓이는 모습은 '삭임'이라는 과정을 거쳐 '용서와 화해'를 통해 비로소 오랜 응어리를 풀어낸다. 여기서 더 나아가 한을 삭이고 풀어 예술로 승화시킨다. 그렇지만 나는 전문 춤꾼이 아니기에 한(恨)을 춤으로 승화시킬만한 자질은 부족하다.

우리는 흔히 아무리 노력을 하여도 박자나 리듬, 율동 등이 맞지 않아 춤동작이 어설픈 사람을 몸치라 부른다. 그러나 우리 민족 고유의 춤은 몸치라 하여도 흥만 있으면 얼마든지 함께 할 수 있다. 이것을 신명의 춤이라 한다.

이렇게 보았을 때 우리 민족 고유의 춤은 즉흥성과 표현성이라 할 수 있다. 즉흥적 춤이기 때문에 형식에 구애됨이 없이 자유를 획득한 춤이 되었고, 즉흥적으로 추기 때문에 흥이 나오고 흥이 발효해서 신명과 멋이 나온 것이다. 할머니가 되어도 분장을 하고 무대에 서면 살아있다는 것을 실감할 수 있으니 이 일나나 신명 나는 일인가!

평생교육원 측에 한 가지 바람이 있다면, 다양한 강좌가 있으니 수강 종료 후에 종합 발표회가 개최되기를 바란다. 그렇게 된다면 우리 '도라지 춤과 아리랑 태극 부채춤' 수강생들은 기꺼이 신명 나게 춤판을 벌일 것이다. 평생교육원의 교육 효과를 널리 알림으로써 수강을 주저하는 많은 사람들에게 동기부여도 되니 일거양득이지 않은가.

40여 전 대학의 꿈을 접어야 했던 아쉬움을 평생교육원에서 강의를 받는 내내 열아홉 소녀로 돌아가 또 다른 꿈을 꿀 수 있었다. 꿈은 나이가 없듯이 꿈꾸는 자는 늙지 않는다고 하니 끊임없이 새로운 꿈을 꾸어야겠다. 새로운 꿈을 일깨워 주신 부산대학교 평생교육원 관계자 여러분과 15주간 수고하신 강사님께 이 글을 통해 다시 한번 고마움을 전한다.

끝으로 삼 년 전 직장에서 명예퇴직 후 밭작물을 경작하는 남편은 저녁밥을 홀로 챙겨 먹기가 일상이 되었다. 다음 학기에도 변함없이 지원해줄 것을 약속한 든든한 지원군인 남편에게 고맙고 사랑한다고 말하고 싶다.

※ 2017년 부산대학교 평생교육원 수강 후기 공모에서 대상을 받은 아내의 글이다.

감정 이입

우명훈(아들)

2018년 1월 초, 입대를 얼마 앞두고 10여 년간의 서울 생활을 정리하고 밀양 집으로 내려갔다. 입대까지 보름 남짓 엄마 아빠와 함께 동네 뒷산으로 산행하는 일이 일상이 되었다. 아빠는 중턱에서 엄마를 쉬게 하고, 나를 데리고 정상까지 빠른 걸음으로 산행을 하기도 했다. 훈련소 생활에 대비하여 체력을 길러야 한다는 것이다. 철인 3종 경기에 수차례 참가한 적은 있었지만 산행 경험이 전혀 없다 보니 쉽지는 않았다.

엄마 아빠는 서른인 아들의 입대를 노심초사하였다. 입소하는 날에는 엄마도 따라나섰다. 6주간의 훈련을 마치고 퇴소하는 날에는 아빠 혼자만 왔다. 엄마는 장시간 승용차를 타면 힘들어한다는 아빠의 설명에 그냥 몸이 좀 불편할 정도로만 받아들였다. 자대 배치를 받은 후에도 아빠 혼자만 면회를 왔다. 그때도 그리 생각하였다. 비록 다리는 약간 절어도 언제나 씩씩한 엄마였기 때문이다.

휴가를 갈 때마다 엄마는 씩씩하게 나를 맞이하였다. 파킨슨병 환자라고는 도저히 믿기지 않게 표정도 밝았다. 아들에게 걱정을 끼치지 않으려는 엄마의 따뜻한 마음이란 걸 늦게야 알았다. 엄마도 그렇고 아빠도 파킨슨병으로 겪는 고통에 대해서는 한 번도 언급하지를 않았다. 그렇다고 엄마의 고통을 헤아리지 못한 나는 참 답답할 노릇이 아닌가.

코로나19로 전 장병들에게 외출과 휴가 금지령이 떨어지기 전 휴가를 가는 날이었다. 밀양역에 도착하기 30분 전에 아빠에게 장문의 문자메시지가 왔다. 악성림프종에 걸린 엄마의 치료 과정과 지금은 항암 치료로 머리카락이 다 빠졌다고 했다. 집에 들어서면 놀라지 말고 엄마를 꼭 안아주라는 내용이었다.

아빠 바람대로 꼭 안아주긴 했으나 감정 표현이 서투른 나로서는 엄마에게 아무 말도 하지 못하였다. 사실 엄마가 얼마큼의 고통을 겪었는지 체감하지는 못했다. 언제나 씩씩하게 아들을 대하는 엄마였기 때문이다. 어쩌면 내가 한 번도 심하게 아팠던 적이 없었기에 더 그랬는지도 모른다.

제대를 한 달 남짓 남겨두고 군의관의 권유로 오금 쪽에 간단한 수술을 받았다. 어느 날부터 발바닥에 통증이 있었기 때문이다. 군사과학기술병으로 자대배치 후 책상 앞에서 컴퓨터와 씨름하는 일이 주요 업무였다. 긴 시간을 책상 앞에 앉아 생활한 탓이기도 했다.

다리 힘줄을 늘이는 간단한 수술이라지만 환자복을 입고 수술실에 누워 있으니 문득 엄마 얼굴이 떠올랐다. 평생 처음 환자복을 입고 수술대에 누워 있으니 묘한 감정이 생겼다. 수술실의 엄숙한 분위기는 긴장감까지 불러일으켰다. 비로소 엄마의 고통을 느낄 수 있었다.

사나흘만 입원하면 퇴원할 거라 했는데 열흘이나 누워있었다. 함부로 움직이면 큰일 난다는 군의관의 주의에 화장실을 가는 거 빼고는 꼼짝없이 누워있었다. 오만 가지 생각이 머릿속을 복잡하게 했다. 몇 년 전에 누나가 조카를 수술하여 낳았고, 다음 해는 물혹을 제거한다고 수술을 하였다. 그때도 누나에게 아무 말도 전하지 못했다. 별것 아닌 수술 한 번에 엄마와 누나가 겪었을 고통에 대한 감정 이입이 되었다.

"엄마 아빠 그리고 누나!

서른에 입대한다고 늘 걱정했던 저는 군 생활 무사히 마치고 제대를 하였습니다. 군수사령관의 표창장과 논문 발표 최우수로 교육사령관의 상장 그리고 국방일보에 게재된 제 기사가 보입니다. 이것은 충실히 군 생활을 한 내 자긍심이 깃들어 있습니다. 앞으로 돈 많이 벌어서 효도하겠습니다."

우리 엄마

우승정(딸)

우리 엄마는 흥이 많고 매사가 긍정적이며 열정적이다. 걱정을 사서 하지 않으며 작은 것에서 큰 행복을 찾을 줄 안다. 정은 깊으나 맺고 끊음도 확실하다. 나는 엄마의 이러한 점을 좋아하기에 많은 부분 엄마를 닮으려 하고 실제로도 꽤 닮은 것 같다. 우리 엄마는 용기 있는 분이다. 새로운 일에 도전하는 것을 전혀 두려움을 가지지 않기 때문이다. 어떤 일도 시작함에 있어 주저하지 않으며 힘이 넘치고 끈기도 있다. 또한 자신이 좋아하는 일에는 최선을 다하는 분이다.

엄마의 좋은 점들을 적다 보니 문득 내 남동생이 엄마를 꼭 빼닮은 것 같다는 생각이 든다. 언제나 자신만만한 언행이나 행동, 끈기 있는 모습이 그렇다. 이제 공부도 할 만큼 했고, 군 복무도 마쳤으니 세상 거리낌 없이 본인이 하고자 하는 일을 자신 있게 해나갔으면 좋겠다. 그리고 자리를 잡아 짝을 만나 손주까지 안겨드리면 엄마 아빠에게 그 무엇보다 큰 기쁨이 되고 힘이 되지 않을까.

이렇듯 엄마는 내면도 외면도 건강하였고 언제나 에너지가 흘러넘쳤다. 그런 엄마의 몸이 아프다는 소식을 처음 접했을 때는 정말 믿기지 않았다. 그리고 한편으론 우리 엄마라면 쉽게 이겨낼 수 있지 않을까 하는 믿음이 있었다. 사실 그런 믿음이 아니더라도 엄마 곁에는 든든한 아빠가 있어 안심했다.

암 진단을 받아 입원 치료 중일 때 만난 엄마의 모습이 잊히지 않는다. 사실 병문안을 가기 전에는 슬픔에 잠겼을 엄마를 대한다는 게 겁도 났었다. 엄마를 붙잡고 울컥 울음을 터뜨릴 것만 같았다. 별의별 생각을 가지고 엄마를 만났다. 역시 우리 엄마였다. 우리를 대하는 모습은 건강하실 때와 똑같았다. 함박웃음을 띠며 손자를 안아주는 모습 하며 되레 우리들의 안부를 걱정해주었다.

딸로서 아주 소소한 것조차 제대로 해 드린 게 없어 늘 죄송한 마음뿐이다. 항암과 방사선 치료를 거치는 동안 얼마나 힘든 시간을 버텨왔을지 감히 상상조차 할 수가 없다. 엄마 아빠는 힘든 일이 있어도 자식들에게만큼은 조금도 내색하지 않았다. 살다 보면 자식들이 못마땅할 때도 있을 터인데 언짢은 표정도 짓지 않았다. 늘 고맙고 미안하기만 하다.

동갑인 엄마 아빠는 올해가 환갑이다. 코로나19기 디지면서 맘 편하게 외식을 시켜드리지 못하는 아쉬움이 남는다. 조촐하게라도 음식을 장만하여 집에서 대접하려고 해도 엄마 아빠는 달가워하지 않는다. 아빠는 우리가 방문하면 엄마가 피곤하다며 반나절만 있다가 가기를 원한다. 두 분 모두 밤새 편히 잠을 못 이루니 낮잠이 보약이라며 우리를 등 떠밀다시피 보내는 심정이야 오죽했을까.

엄마에게 편지 형식의 글을 쓰라는 아빠의 당부가 아니더라도 진즉에 엄마에게 그렇게 하지 못한 내 자신이 부끄럽기 짝이 없다. 늘 마음속에만 간직한 인사를 이번 기회를 통해 할 수 있다는 것이 얼마나 감사한지 모른다.

"엄마, 힘든 치료 과정을 잘 견뎌주어 고맙습니다.

아빠, 엄마 곁에서 병간호하느라 정말 고생 많았습니다.

그리고 이렇게 우리 남매를 반듯하게 잘 키워주어 고맙습니다. 엄마 아빠와 함께한 서른여섯 해가 늘 소중했고 앞으로도 그럴 거라 생각합니다. 우리 가족의 소중함이 겹겹이 쌓여 힘든 일이 생길 때마다 극복의 자양분이 될 거라 믿습니다. 언제나 고맙고 사랑합니다!"

불측불효

장모님의 환갑날에 헌정식을 하겠다는 장인어른의 원고 청탁을 받았다. 장인어른의 회고록이자 장모님에 대한 헌정의 의미가 담겨 있는 책에 사위인 내가 어떤 글을 적어야 할지 고민이 되었다. 제법 그럴싸하게 적어야 한다기보다 어떠한 성격의 글이 적합할지였다. 또한 저자인 장인어른의 의중을 헤아려 어떻게 써야 조금이나마 부응해 드릴지가 적지 않은 고민이었다.

장인어른에게 건네받은 초고를 읽으니 그러한 고민은 단숨에 사라졌다. 장인어른은 꼭 책을 출간하기 위한 것이 목적이 아니라는 것을 느낄 수 있었다. 장모님에게 당신의 마음을 전달하기 위한 수단으로 글을 썼다는 것을 짐작게 하였다. 장인어른이 장모님께 그리하듯이 사위인 나도 서투르나마 두 분께 내 솔직한 마음을 전달하고자 한다.

'파킨슨병과 악성림프종'

병명만으로도 예사롭지 않은 병이 장모님에게 불청객으로 찾아왔다. 3년 전 파킨슨병이 발병했을 때와 작년 악성림프종 발병은 그 아픔의 무게감이 천양지차였다. 파킨슨병은 당장 죽을병은 아니지만 악성림프종은 치료 중에 어찌 될 수도 있다는 것을 여러 정보를 통해 알게 되었다. 걱정으로 밤새 잠 못 이루는 아내와 함께 밀양을 찾았다.

다행히 장모님은 우리 부부의 걱정과는 달리 내가 지금까지 보아왔던 그 모습 그대로였다. 당시 세 살배기였던 외손자를 보며 즐거워하는 두 분의 모습이 예전이나 다름없었다. 그러다 보니 앞으로 병마와 힘겹게 싸워야 할 장모님과 장인어른의 처지를 헤아리지 못하였다. 그저 장모님은 괜찮아지실 거라는 막연한 기대감만을 가진 채 돌아왔다.

초고를 읽어 내려갈수록 내가 가진 막연한 생각이 얼마나 어리석었는지 깨치게 되면서 부끄럽기 짝이 없다. 모든 부모가 자식들 앞에서는 힘든 내색을 하지 않는다는 것을 두 분을 통해 새삼 알게 되었다. 나도 자식을 둔 아비이지만 부모 앞에서는 여전히 응석받이 자식에 불과할 뿐이었다.

우리 내외가 할 수 있는 것이라곤 외손자를 보고 싶어 하는 두 분을 위해 밀양을 자주 찾는 일이 고작이었다. 시간이 지날수록 장모님의 병세는 확연히 짙어지셨고 장인어른은 하루가 다르게 수척해지셨다. 그래도 두 분은 늘 웃음 띤 얼굴로 괜찮다고만 하셨다. 나는 어리석게도 진짜 괜찮은 줄로만 받아들였다. 참 바보 같은 사위이지 않은가.

더욱 솔직하게 얘기하면 두 분을 뵙는 순간에만 아파하고 공감하는 척했던 것 같다. 돌아서면 그저 내 삶만을 위해 바쁜 일상을 보냈다. 아니 일상을 바쁘게 보낸 것이 아니라 누렸다는 표현이 더 적절하다. 늦었지만 두 분께 용서를 비는 심정으로 이 글을 쓴다. 혹 나와 비슷한 처지의 사위가 있다면 나의 전철을 밟지 않기를 바랄 뿐이다.

우암 송시열은 "아침에 도를 깨우치면 저녁에 죽어도 좋다."라는 공자의 말을 삶의 지표로 삼고 평생을 실천하였다. 나는 주자학의 대가이신 그분의 후손이라는 것을 늘 자랑스럽게 생각하였다. 그렇지만 이번 글을 쓰는 계기로 다시 한번 나를 되돌아보았다. 원고 청탁을 받을 당시의 내 의도와는 다르게 점차 나의 불효 회고 글이 되고 말았다. 짧은 글이지만 나를 깨치게 했으니 글의 힘을 다시금 실감한다.

예전에 아내에게 글로써 사랑 고백을 했듯이 두 분께 어설퍼도 진심이 담긴 사랑 고백을 하고 싶다. 평소 살갑게 구는 사위가 아니니 장모님이야 그렇다고 하더라도 장인어른께 애정 표현을 한다는 건 쉽지 않은 일이 아닌가. 미묘하게도 위력적인 글을 통해 두 분께 사랑을 전하는 계기가 된 것이 실로 감사할 따름이다.

주말이면 내 아버지 어머니께서는 할머니를 모시고 성당에 가신다. 이번 주말에는 따라나서 주님께 나의 회개와 함께 장모님의 건강을 기도드리려 한다. 끝으로 장모님의 환갑과 장인어른의 출간을 축하드리며 끝맺음을 맺지만 여전히 '불측불효'라는 사자성어가 뇌리에서 사라지지 않는다.

만천하에 고하노라!

글쓴이

시인 백석은 생전에 가장 사랑했던 여인인 기생 김영한에게 자야(子夜)라는 애칭을 지어 불렀다고 전해진다. 자야(子夜)는 이백의 「자야오가(子夜吳歌)」라는 시에서 따왔다고 한다. 나도 내 아내를 '자야'라고 부른다. 돌아가신 장인어른과 장모님도 그렇게 불렀고 처가 식구들 중 손윗사람들은 모두가 그렇게 부른다. 아내의 이름 끝 자가 '자'이기 때문이다. 자야는 흔하지만 정겨운 느낌을 주는 호칭이다.

옛사람들은 우주의 현상을 관찰하고 연구하여 음양오행을 만들었다. 음양오행은 곧 삼라만상의 움직임이라며 이를 통해 미래의 움직임까지 예측할 수 있다고 여겨왔다. 이러한 음양오행을 기반으로 태동한 것이 사주명리학을 비롯한 다양한 예측학이다.

사주팔자는 선천적으로 정해진 운로가 있기 때문에 인간의 힘으로 바꿀 수 없다고 한다. 따라서 천명(天命)과 시운(時運)의 흐름에 의존하기도 한다. 다른 한편으로는 어떤 수단을 동원해서라도 자신의 운명을 바꾸기 위한 노력을 아끼지 않는다. 따라서 좋은 이름을 쓰면 후천적으로 좋은 영향을 받는다는 개운법(開運法)의 한 영역에 속한 성명학이 등장하여 발전하여 왔다.

성명학의 종류에는 수리성명학, 음양성명학, 오행성명학, 용신성명학을 비롯한 파동성명학 등이 있다. 이상의 성명학들은 주로 사주의 부족한 부분을 이름에 수리(數理)나 오행(五行)의 좋은 기운을 넣어주는 것을 기본으로 한다. 최근에는 소리의 중요성이 주목받으면서 한글을 활용한 한글성명학이 등장하였다. 이것에는 자음만 활용한 파동성명학과 자음과 모음을 모두 활용한 한글소리성명학이 있다.

아내가 아프고부터 지푸라기라도 잡는 심정으로 타로와 명리 연구에 매진했다. 명리를 연구하다 보니 자연 성명학에도 관심을 가졌다. 평소 작명은 운명론적인 관점을 떠나 부르기 좋고 뜻이 좋으면 된다고 생각하고 지금도 그 마음에는 변함이 없다. 코에 걸면 코걸이 귀에 걸면 귀걸이라는 이현령비현령(耳懸鈴鼻懸鈴)식이 아닐까 하는 의구심도 떨쳐버릴 수는 없다.

내 생질이 첫딸을 낳아 작명을 부탁하는 누님에게 몇 번을 거절하다 이름을 지어주었다. 다음다음 해 아들을 낳아 또 이름을 지어주었다. 수리성명학과 파동성명학을 활용하긴 했으나 여전히 아쉬움은 남는다. 이 아이들이 성장하는 모습을 지켜볼 때마다 가슴을 졸여야 하는 책임감이 동반하기 때문이다.

아내에게 개명의 의중을 떠보았다. 만약에 장인어른이나 처가 집안의 어른이 지은 이름이라면 개명할 생각을 접으려고 했다. 다행히 아내는 본인의 이름을 누가 지었는지 모른다고 했다. 그때부터 수개월간 아내의 사주팔자를 벽에 붙여놓고 뚫어져라 쳐다보았다.

'이선자(李善子), 庚子年 戊子月 ○○日 ○○時'

지금 아내가 가장 고통스러워하는 것은 다리가 시리고 아려서 편히 잠을 이루지 못하는 것이다. 별의별 짓들을 다 했으나 나아지지 않는다. 사주명리에서 자(子)는 북방, 12월 겨울, 물(水)을 의미한다. 아내의 사주팔자에는 차가운 쇠와 물이 너무 많다. 거기다 이름 끝 자까지 자(子)이니 북방의 한겨울에 물속에서 허우적거리는 모양새다. 견강부회식의 풀이로 억지를 부리는 것 같기도 하다만 오죽 답답하면 그럴까 하고 이해를 바랄 뿐이다.

'이가영(李佳營)'

아름다울 가, 경영할 영(경작할 영), 가영이라고 불러주기를 만천하에 고하는 바이다. 다리가 시리고 아려서 잠 못 이루는 아내에게 당장 절박한 것은 흙으로 물을 막고 불을 피우는 것이다. 이름 가운데 자를 흙(圭)으로 쌓아 올리고 이름 끝 자에 불꽃(火火)을 피웠다. 즉 가(佳)를 약으로 처방하고, 영(營)을 용신의 역할을 하게 하였다.

사실 명리학과 성명학을 토대로 작명을 하였지만 내 나름의 또 다른 의미도 있다. 정원과 텃밭 가꾸는 일을 하려는 아내와 못하게 말리는 나와 자주 입씨름을 한다. 아내는 정원과 텃밭에서 노는 것이 몸도 마음도 편안하다고 하였다. 그럴 바엔 차라리 아름답게 가꾸라는 의미도 담겨 있다.

현재 명리학과 성명학을 연구하는 학자들과 자칭 술사라 불리는 이들이 이 글을 읽게 된다면 코웃음을 칠 수도 있을 것이다. 아전인수식의 풀이로 각자 목소리를 높일 수도 있을 것이다. 그러나 누가 뭐라고 해도 내 아내만 좋아하면 그까짓 코웃음과 비웃음이 뭔 대수겠는가.

내일은 갓바위에 올라 약사여래불상 앞에 '이가영, 힘내라!'는 촛불 하나 피우고 와야겠다. 설익은 마음만 가지고 쓴 서툰 글이긴 하나 솔직함을 다하려 지우고 쓰는 짓을 되풀이했다. 그다지 좋은 남편도 아니면서 좋은 남편인 양 포장하는 것 같아 낯이 붉게 물들기도 했다. 아내의 환갑날에 맞추어 출간하려는 조급증이 욕심 가득한 마음만 키웠던 것은 아닐까도 싶다. 그냥 푼더분한 마음을 갖지 못한 아쉬움은 여전히 남는다.